ご褒美にはボンボンショコラ

悠木シュン

宝島社
文庫

宝島社

目次

ご褒美にはボンボンショコラ

第一章「宝箱にはボンボンショコラ　一歩夢」

目覚めると、ベッドが広かった。隣にあるはずの温(ぬく)もりがない。シーツを手繰り寄せても、そこにあるのは冷たい布の感触だけ。鼻先をくすぐるあの柔らかい髪の毛を感じることはもうないのだ。台所から聞こえてくる、慌(あわ)ただしい朝の音さえ今は恋しい。日に日に、この家から彼女の気配が薄れていく寂(さび)しさを覚えた。

「新奈(にいな)……」

一歩夢(はじめあゆむ)は、妻の名を口にした。もう、返事がないことはわかっているのに。

どうしてだろう。一分一秒、新奈がいないことを確認するだけの作業をさっきから繰り返している。頭ではわかっているのに、心が追いつかない。

妻は、八日前に亡くなった。ただ、その事実だけが目の前にある。

体に力が入らず、しばらく横になったまま微睡(まどろ)んでいると、首に激痛が走った。

「いったぁ」

歩夢を現実へ引き戻したのは、息子の優(ゆう)の柔らかな足だった。

ダブルとシングルを合体させたベッドを縦横無尽(じゅうおうむじん)に転がって、勢いよく寝技を決めてきたのだ。足ならまだいいほうで、昨日は後頭部がどすっと顔の上に落ちてきた。口の中に鉄の味が広がって、小さな怒りが湧いた。優の寝相(ねぞう)がこんなに悪いとは知らなかった。今まで、新奈がふたりの間に入って防御役をしてくれていたのだろう。歩夢がちゃんと眠れるように。

つるつるとした踵を退かして、健やかな寝息を立てている息子の顔を見つめる。そっと、お腹にタオルケットをかけてやると、巻きすのようにころころとベッドを転がりだした。

「忙しいやつ」

新奈が残してくれた、たったひとつの宝物。その愛くるしい無垢な寝顔があまりにも愛しくて、思わず涙を流しそうになる。責任感や使命感よりも不安のほうが勝っていた。


喉の渇きに耐えられず、重い体をようやく起こした。

ふらふらと寝室を出て行く。

リビングのクーラーをつけようと思ったが、リモコンがない。

「暑いな」

どこに置き忘れたんだろう。家じゅうを歩き回って探したが見つからなかった。

じっとりと汗ばんだ背中にTシャツが張りついて気持ち悪い。

クーラーを諦めて窓を全開にした。なまぬるい夏の風は、歩夢の脳を刺激してはくれない。

テレビをつけて時間を確認すると、七時半を過ぎていた。急がなくてもいい。会社にはしばらく休むと言ってある。やらなければいけないことはたくさんあるのに、優先順位がわからず急に不安になった。

ふう、と長い息を吐いてから台所へ立った。やるしかない、と自分の頬をたたく。優が起きてくる前に、朝食の準備をしよう。トーストと目玉焼きくらいなら作れるだろうと思ったのに、まったく勝手がわからない。自分の家なのにどこに何があるのかわからないなんて情けない。キッチンの戸棚を全部開けたところで優が起きてきた。

「ママは？」

優は毎朝この調子だ。無理もない。まだ四歳なのだから。

「おはよう」

視線を落とすと、ほっぺたが蚊に刺されて腫れていた。新奈に似て、色白で瞳と髪の毛がほんのり茶色く、全体的に色素が薄い。頬にかゆみ止めを塗ってやろうかと思ったが、それがどこにあるのかわからない。

確か、「魔法のクリーム」ってやつがあったはずだ。怪我をしたり湿疹が出たり、皮膚に何か異常があるときに塗るチューブ状のもの。これが不思議とよく効くのだ。

「顔、洗っておいで」

優は、歩夢の顔をぼんやり見上げて曖昧にうなずくと、洗面所のほうに歩いていく。

テレビ画面に、人の好さそうな中年男性の笑顔が映し出された。うぐいす色の作務衣と頭に巻いた小紋手ぬぐいがよく似合っていた。

『座右の銘を売る男』という紹介テロップが躍る。なんだそれ？　歩夢は、不思議な職業があるもんだなぁと流し見していると『初のエッセイが大ベストセラー』と新しいテロップときらびやかな音が鳴った。

普段、テレビをほとんど見ないので週刊誌的なネタには疎い。SNSも活用しないので流行に乗り遅れている自覚はある。

若い女性アナウンサーが男に「なぜ、こんなことを始めたんですか?」とマイクを向ける。そんなことはきっと、エッセイ本の最初のほうに書いてあるだろう。

男は、御朱印帳のような和柄手帳を開いた。中は、和紙のようだ。筆先にカメラがズームインする。流れるような手つきでさらさらと書きあげると、「喜ぶ顔が見たくて」と答えた。

トースターに食パンを二枚セットし、レバーを回す。フライパンは見つかったが、油の場所とフライ返しの場所がわからないので目玉焼きは諦めた。冷蔵庫の中からマヨネーズを取り出し、食パンに丸を描いた。ちょっと寂しいかなと思って、アンパンマンの顔を描いてみた。うん、上出来。

「優、早く座って」

ぺたぺたと足音を鳴らし戻ってくると、ソファに寝転がった。まだ眠いらしい。

「ほらほら、急いで。保育園のバス来ちゃうぞ」

「ママがいい」

優がぐずり始めた。わがままではなく、本心からくるものだろう。だけど、一度こうなったときの優は質が悪い。

ぐ、と拳に力が入る。初七日がやっと終わったのに一息つく間もない。ひとりで泣くこともままならない。やるせない思いをこらえて、優を抱きしめた。

「うん。ママがいいな。でも、パパもがんばるから。よいしょっと」

歩夢は優を抱きかかえると、肩車をしてくるくると回った。

「きゃはっ」

優の喜ぶ声がして安堵する。

「もっと回って」

朝から勘弁してくれよ、と思いながらも歩夢はできるかぎり動き回った。

「よし。じゃ、続きは帰ってからな」

優を椅子に座らせ、手を合わせた。

「いただきます」

新奈は、子供のしつけには厳しかった。歩夢はめんどうなことはすべて彼女に任せてきた。これから、ひとりで優を育てていくなんて本当にできるのだろうか。

「暑いな」

優のグラスに牛乳を注ぎながらつぶやいた。昨晩、クーラーを切ってから寝室に行った

「もう、優起きろ」

「やだ。ママがいい」

うわんうわんと泣き出した。

のは記憶にあるが、どこに置いたかは覚えていなかった。歩夢のズボラな性格は今に始まったことではない。いつも新奈がフォローしてくれていたおかげで、この性格を直す努力を怠（おこた）った。ちゃんとここに置いてね、とテーブルの隅にリモコンを並べる新奈の姿が浮かんだ。

「おいしくない」

トーストを一口かじると、優が顔をしかめた。

「え？　いつも何塗ってたんだ？　ジャムか？」

冷蔵庫にジャムらしきものはなかったが。

「ううん。魔法の粉」

「それは、どこにあるんだ？」

優は黒目を斜め上にして、あ、と思い出したように席を立つ。冷蔵庫の横へ回ると、戸棚を開けた。調味料を入れるラックの中から「これ」と言って取り出したものは、瓶入りの粉砂糖だった。

「これをかけるのか？」

「うん。バターも塗るよ」

「なるほど。とりあえず、今日はこれ食べて。あー、急がないとバスが来ちゃう」

昨日の朝は何を食べたんだっけ？　と考えて、何も食べさせていなかったことに気づき、ギクリとする。ここ一週間は、手続きや移動に追われ、ゆっくり食卓につくこともなかった。

牛乳を飲ませて、よいしょっと優を抱き上げる。勢いに任せ、スモックと短パンを着せるがうまくいかない。ボタンを留めるのもひと苦労だ。靴下はどれを履かせればいい？新奈が見ていたら叱られるだろう。「なんでも自分でやらせて」と。歩夢が反面教師だったにちがいない。新奈はよく、「うちには子供がふたりもいる」とぼやいていた。

「鞄と帽子、どこにあるかわかるか？」

優は、廊下をぱたぱたと歩き出し、靴箱の横の扉を開けた。

「あー。そこに入ってたのか」

鍵をかけ、「よーし、しゅっぱーつ」と優の手をにぎる。この一週間、優の手を何度もにぎった。その手の柔らかさや滑らかな感触に心が癒された。クリームパンみたいな小さな手がなんだかとっても健やかで愛おしくて、自分はこの子を守っていかなければいけないという気にさせてくれる。もっと、しっかりしないと。

意外としっかりしているな、と感心した。

「パパ、つの」

優が歩夢の頭を指して笑う。どうやら、寝ぐせがついていたらしい。

バスの集合場所まで、歩いて一分もかからない。ごみ置き場の手前にあるお地蔵様の横。一昨日（おととい）、保育園に電話して確認するまで知らなかった。

近所のママさんたちが、歩夢に気づいて会釈する。同情にも似たその曖昧（あいまい）な笑顔が胸をざわつかせた。その中のひとり、三宮サエが「おはようございます」と丁寧に頭を下げた。新奈とは親しくしていたようで、葬式の受付などを手伝ってくれた。遠慮がちな笑みと、気弱そうな猫背とは対照的に、歩夢を気にかけて何度も家を訪ねてきた。

「困ったことがあったら、なんでも言ってくださいね」

しかし、その優しさを素直に受け入れられるほど、歩夢は器用ではなかった。昔から、人を頼るのが苦手だ。本当は迷惑なんじゃないだろうかという思考が働いて、つい遠慮してしまう。

「ねえねえ、優くん？」

サエの娘のヨリ子が優にちょっかいを出している。とんとんと肩を叩いて、振り向いた瞬間ほっぺに指を〝ちょん〟と突いて笑う。仲睦まじい光景を見守る優しい父親を演じている自分がいた。毎朝、ここに参加しないといけないのかと思うと気が滅入った。とにかく笑顔でやりすごそう。

ママさんたちに交じってバスを見送る。いってらっしゃいと手を振りながら、保育園で行われる行事についての話し合いが始まった。夏祭りの衣装がどうのこうのと話しているのを会釈しながらフェードアウトする。夏祭りってなんだ？　それは、親も参加しないといけないのか？　訊きたいけれど訊けないもどかしさをかかえ、その場を離れた。

帰宅したらすぐに洗濯をしよう。買い物にも行かないと食べるものがない。書類の整理や支払い物の確認などやることはたくさんある。日々の生活だけでもままならないのに、これから公的な手続きやらなんやらをひとりで片付けなくてはならない。妻に任せっきりだった夫とはこんなに情けないものなのか。

歩夢に頼る人はいない。母は三年前に病気で他界し、父は今別の女の人と一緒に暮らしている。新奈の両親は高校生のころに離婚し、それぞれ新しい家族がいるらしい。新奈自身も家族の話はあまりしないタイプだった。おたがい、温かい家庭を作りたいという思いが一致し、結婚したのだ。

根っからのインドア派ということで意気投合した飲み会が懐かしい。人数合わせでたまたま呼ばれた合コンで知り合った。ふたりとも、それが人生初の合コンで、「ちょっと運命的だよね」とふざけあっていたのがつい最近のことのように思える。

だけど、とつい考えてしまうのだ。わがままひとつ言わなかった彼女は、果たして幸せだったのかと。二十五歳で知り合い、二十九歳で結婚し、三十歳のときに優が生まれた。ふつうを絵に描いたような男の妻であることを新奈自身はどう思っていたのだろう。

歩夢には、淡々と育児や家事をこなす新奈の姿しか浮かばない。こんなことになるなら、もっと色んなところに連れて行ってあげればよかったし、もっといろんな話をしておくべきだった。

この八日間、ずっと考えているがわからないこと。モヤモヤと歩夢の胸をかき回す。新奈は誰に会いに行こうとしていたのだろう？

新奈と交わしたメッセージの中に、何かヒントが残っているかもしれない。ＬＩＮＥを開いてスクロールする。新奈はよく、日記代わりに動画を撮っていた。なんてことない日常を切り取ったもので、昼寝しているところだったり、ゲームしているところだったり、散歩しているとこだったりした。律儀に毎回送ってきてくれたが、歩夢は適当に返事をするだけで、ちゃんと見たことはなかった。

画面をタップして、動画を再生させる。そこに新奈の姿はない。だけど、歩夢と優の名を呼ぶ彼女の声が残っていた。スマホを耳に押し当て、何度も再生する。

「ほら、こっち見て。優ぅ。歩夢ぅ」と、母音を伸ばす声が懐かしい。新奈の声はいつも穏やかで、優しさに満ちていた。人が最初に忘れる記憶はその人の声だという。

歩夢は、記憶を頼りに新奈の最後の声を思い出そうとした。

だけど、思い出せるのは声ではなくて言葉だった。

「――さんに会ってきます」

中途半端に耳に残った彼女の言葉を反芻する。いったい、誰に会いに行こうとしていたのだろう？

あのとき、ちゃんと訊き返していれば自分たちの未来は何か変わっていただろうか。

その日は日曜日で、お互い仕事は休みだった。昼過ぎまでゆっくり寝ようと思っていたら、優のことお願いね、と託された。夕方には戻ると言っていたはずだ。昼ごはんはちゃんと用意されていた。ふたり分のチャーハンが冷蔵庫に入っていた。洗濯はきちんと干してあったし、優の着替えはリビングのソファに用意されていた。いつも通りといえばいつも通りなのだけど、どこかいつもとちがった。

いや、今思えばということになるのだが、表情がちがったのだ。新奈の顔に「やるぞ」とか「いくぞ」みたいなものが浮かんでいた……気がする。

新奈の服装を思い出してみる。白いシャツにベージュのスラックスにきゅっとまとめたポニーテールは、彼女の定番スタイルといってもいい。お気に入りのレザーのトートバッグを肩にかけ、行ってきますと出ていった。カジュアルでもフォーマルでもない格好だった。友達とランチだと言われれば納得するし、仕事関係の人に会ってくると言われても納得がいく。

新奈は、うちからバスで二十分ほどのところにある図書館で司書の仕事をしていた。仕事関係の誰かなのかとも考えたが、そもそも新奈の交友関係をよく知らない。

知らなければいけない、という義務感にかられた。新奈が誰に会いに行こうとしていたのか。そして、彼女が亡くなったことを伝えなければならない。きっとまだ、その人は知らないはずだから。

もし、待ち合わせの途中に友人が亡くなったのなら、葬儀に訪れるだろう。仕事関係の人間でも同じだ。何かしら連絡がいくだろう。

しかし、葬儀に訪れなかったということは、彼女の死をまだ知らないと考えるのが妥当だ。あまり、関係の深くない人物だったということだろうか。それとも、葬儀に訪れることができない間柄なのか……。考えれば考えるほどわからなくなる。

とりあえず、挨拶を兼ねて図書館に行ってみよう。彼女がどんなふうに働いていたのか、どんな人たちと生前関わっていたのか。それを知ることで何かわかるかもしれない。

歩夢の住む横浜市には、大小二十軒ほどの図書館が存在するらしい。新奈の職場へ行くのは初めてだった。地図アプリで検索すると、バス停から歩いて五、六分ほどの場所ということがわかった。芝生のきれいな公園の中にあって、駐車場も広い。玄関前の植物も手入れが行き届いている。

自動ドアを突き進むと、図書館特有の古い紙とインクの匂いがした。高校生以来だろうか。新奈とちがって、歩夢は文学といったものにまったく興味がなかった。おたがい同じ空間にいても、別々の時間を過ごすことが多かった。歩夢は専らゲームに夢中だったし、新奈は本さえあれば何時間でも同じ場所にいることができた。

「おはようございます。―新奈の夫です」

カウンターで作業をしていた若い女性に声をかけた。頭の高いところで、大きなお団子を結っているのが印象的だった。

「ああ、新奈さんの……」

名札に、伴と書いてある。

「先日は、どうもありがとうございました」

「いえ、新奈さんにはとてもお世話になりました。あの……」

彼女は、両手で口元を押さえるようにして言葉を呑み込んだ。瞳を潤ませ、ゆっくりとお辞儀をする。葬儀のとき、棺に覆いかぶさるように泣き崩れていた人を思い出した。あれは、彼女だったのだろう。

「新奈さんが使ってたもの、まとめてあるんです。ちょっと、取ってきますね」

唇をキュッと引き結ぶと、彼女は後方の扉に消えていった。しばらくすると、紙袋を持って戻ってきた。

「すみません。お待たせしました」

鼻の周りが赤く腫れているのを見て、泣いてくれたんだなと胸が熱くなった。

「ありがとうございます」

紙袋の中には、優と歩夢のツーショット写真が入っていた。いつ撮られたものかはわからない。歩夢が優を膝の上に載せて、大口を開けて笑っている。

「その写真、お気に入りだって言ってデスクに飾ってたんですよ」

「……」

どう返していいかわからず、少しだけ口角(こうかく)を上げて目を伏せた。沈黙が訪れる。

気まずい空気に耐えられなくなり辺りを見回した。平日の利用者はそう多くないようだ。優よりも小さな子供を連れた母親だったり、大学生風の若者だったり、暇を持て余した老人が各々静かな時間を過ごしている。

全員に話を聞きたい。そう思ったけれど、果たしてここにいる何人が新奈のことを覚えているだろう。ただ本を借りにくるだけの場所で、何かドラマチックなことが起こるとは思えないし、図書館員の顔なんていちいち覚えていないだろう。やはり、伴さんから話を聞くしかないと思った。

「もう少し、お話をいいでしょうか？」

「はい」

「妻が亡くなった日のことなんですけど……。シフトは、元々入ってなかったんでしょうか？」

土日祝は基本的に休みの希望を入れていたが、人手が足りないときはたまに出勤することもあった。

「その日、読書会だったんです。新奈さん、すごく張り切って準備してたのに、急にシフトを変えてほしいってお願いしてきたんです。だから、急遽他のスタッフが対応することになって……」

急に、というのが気になった。

「何か言ってませんでしたか？　誰かに会う予定があるとか、どこかに行く予定があるとか。なんでもいいんですけど」

「すみません。訊いたんですけど、教えてもらえなくて」

「どういうことですか？」

「内緒って、はぐらかされちゃったんですよね」

どうして、隠す必要があったのだろう。

「そのとき、どんな様子だったか覚えてますか？　なんか浮かれてたとか、神妙な顔をしてたとか」

「うーん。いつも通りの新奈さんでした。テキパキ仕事して、じゃあまた来週ねって」

「そうですか」

「すみません。お役に立てなくて」

「いえ……」

しばらくの沈黙の後、別の質問をした。

「妻は、ここでどんなふうに働いてましたか？　なんでもいいんで教えてください」

自分らしくないなと思いながら、少し意地になって訊いた。

「新奈さんは、すごく優しい人でした。あ、私たち同僚にもですけど、ここへ来る方たちみんなに親切でした。親切すぎてもうそりゃ神様かってくらい感謝されてたと思います」

「神様、ですか」

大袈裟すぎはしないかと少し笑ってしまった。

「レファレンスって言って、利用者さんの調べもののお手伝いをすることがあるんですけど、新奈さんはそれが本当に得意で。ちょっとしたヒントだけで誰のなんという本かわかっちゃうんです。あと、映画とかドラマとかも詳しいんですよ。だから、みんな思い出せないものがあると新奈さんに訊きにくるんです」

「へぇ」間抜けな声が出た。

「私たちの仕事って、本と人をつなげる仕事でしょう。でも、新奈さんの場合は人と人をつなげるっていうか、今この人にはこういう人が必要だなってのがピンとくるらしくて。利用者さん同士をうまーくつなげるんですよ。それこそ、自然に運命的に」

「運命的に？」

「はい。自然とそういう人が寄ってくるのか、新奈さん自身が動いてそうなるのかは不明ですけど、気づいたらつながってるってことはよくありました。すごいですねって言ったら、偶然よ偶然って笑ってました。新奈さんは、そういう人でした」

自分の知らない新奈がここにいたんだな、と思うと不思議な気持ちになった。少なくとも、新奈が司書という仕事に誇りを持ち、真摯(しんし)に取り組んでいたことがわかった。

「妻は、楽しそうでしたか？」

「そりゃあもう。こんなに幸せな仕事はないって言ってましたよ。この仕事って、ラクそうだなとか地味そうだなって思われることが多いんですけど、まあ実際地味なんですけど、新奈さんは本当に楽しんでましたね」

意外だな、と驚いた。歩夢と知り合ったころの新奈は、控えめでおとなしいタイプの女性だった。だから、妊娠中に司書の資格を取りたいと言ったときは、彼女らしいなとも思ったのだ。

「他に、何か妻とのことで印象に残ってることとありませんか？」

「えーっと、あ！」

伴さんが小さく手をぽんと叩いた。

「ボンボンショコラ！」

呪文でも閃いたように声を弾ませる。

「ボンボン……え？　なんのことですか？」

「チョコレートですよ。正方形のアルミ缶に入った一ダースのボンボンショコラ。それがすっごくおいしくて。私たちは、〝新奈さんのボンボンショコラ〟って呼んでたんですけど、ご存じありませんか？」

「いやぁ、わからないですね」

「お店の名前とか、ちゃんと訊いておけばよかったな。デパ地下とか巡って探したんですけど、見つからなかったんですよね」

伴さんが残念そうにつぶやいた。

「チョコレートって、そんなに味にちがいがあるんですか？」

「全然ちがいますよ。新奈さんのチョコは特別においしかったんですから」

「……」

彼女の熱量に歩夢は少し気圧(けお)された。お菓子はもっぱらスナック派で、チョコレートなんて久しく食べていない。

「あの、すみません」

伴さんが目で合図する。歩夢の後方に人が並んでいた。彼女は慣れた手つきで、本をスキャナーに読み込ませていく。返却日を伝えると、利用者は無言で本を袋に入れ、軽くお辞儀をして去って行った。無駄なやりとりはない。もちろん、会話という会話もない。その一連の流れを間近で見ていると、さっき伴さんが話してくれた新奈の話がすべて作り話のように思えてくる。人と人をつなげるなんて、どうやっていたのだろう。

「お忙しいところすみません。ありがとうございました。では、失礼します」

伴さんに礼を言うと、踵を返した。

出口付近で足を止めた。せっかくなので、図書館の中を見て回ろうと思い直した。年季の入った木製の本棚には趣があり、ところどころに置かれたスツールもどれも使い古された感じがした。けれど、しっかりと手入れが行き届いているのが伝わってきた。新奈の残像を探すように歩いて回る。

閲覧コーナーと書かれた部屋の前で、ニューヨークヤンキースの帽子を被った人とぶつかった。「すみません」とおたがい頭を下げる。俯き加減で前髪が顔全体を覆い、よく見えなかった。ゆるいウェーブのかかった肩までの髪からは、シナモンのようなスパイシーな香りがした。

スマホをタップし、会社用のメールを確認すると、いくつか急ぎの案件が入っていた。会社に電話して同僚に頼むこともできたが、自分でやったほうが早いと判断した。優の迎えまではまだ時間がある。急げば間に合うだろうと思い、電車に飛び乗った。半分ほど行ったところで自分の恰好があまりにもだらしないことに気づく。上は襟がよれよれのTシヤツ、下は黒のチノパン、髪は寝ぐせがついたままだ。いくらクールビズ期間とはいえ、この恰好で会社に行くのは抵抗がある。

駅に着いたら、コンビニでYシャツを買おう。

歩夢は、新宿にある文房具メーカーで、主に企画営業を担当している。小さな会社なので、雑用を任されることもある。

トイレで髪の毛を濡らし、手櫛で整え外に出た。

昼時ということもあり、駅前のコンビニはどこも客が多くてレジに時間がかかりそうだった。たまたま入った裏通りのコンビニでYシャツを見つけて、「ラッキー」とレジに向かう。がたいのいい若い男がひとりでレジに立ち、ぶっきらぼうに「しゃぁせー」とつぶやいた。身長は歩夢と同じくらいだが、猫背で表情も乏しく覇気がない。

彼を見ていると、〝夢の途中〟という言葉が浮かんだ。おそらく二十代後半だろう。コンビニで正社員というわけでもなさそうだから、きっとアルバイトだ。役者とかミュージシャンとか何かしらの夢を持っているのだろう。「俺のなりたいものはコンビニ店員ではない」というオーラが滲み出ている。

新奈と出会って間もないころ、不意に訊かれたことがある。

『歩夢という名前は、夢の中を歩くって意味なの？　それとも、夢に向かって歩くという意味なの？』

たぶん、後者と答えたはずだ。ふと、自分にも夢なんて大それたものがあったことを思い出した。大人になるにつれて、いつしかなくなってしまったけれど。

「このままでいいっすか？」店員の声は小さく聞き取りづらい。

「あ、ちょっと待って」慌ててエナジードリンクを取りに行き、レジへ出す。「袋お願いします」と言ったが返事はなかった。店員は無言で袋に詰めていく。

「ありっしたー」と無愛想に言い、袋を渡された。

店を出て、Yシャツを羽織った。額から汗がしたたり落ちる。首筋にも背中にも汗が噴き出してくる。

「ああ、帰ったらリモコン探さないとな。そうだ、洗濯も残ってた」

つぶやきながらプルタブを引き、エナジードリンクを一気に喉に流し込んだ。

業務を済ませ、電車に乗った。最寄りのスーパーに立ち寄り、夕飯の買い出しをする。

結婚するまで実家暮らしだったため、料理という料理は作れない。レトルト食品を手に取って棚に戻した。炒飯（チャーハン）くらいならなんとかなるだろうか、と野菜売り場へ戻ったものの何を買えばいいかわからない。

新奈は、なんでも手際よく作っていたっけ。ワンプレートに載ったカラフルな色の食材たちが彩りよく盛り付けられていた。洗うのがめんどくさいのよ、なんて言っていたけど、あれだけの品数を作るのはかなり大変だったはずだ。野菜がたくさん食べられるようにと工夫していたのを知っている。作り置きおかずの動画を見ながら、感心した声を上げていた。子育てをしながら、働きながら家事をする。自分にそんな器用なことができるだろうか。当たりまえすぎて感謝することを忘れていた。

帰宅すると、三時を過ぎていた。食材を一旦冷蔵庫に入れ、リモコンを探す。新奈がいなくなってたった一週間で、部屋は泥棒に入られたように散らかってしまった。脱ぎ散らかした服や下着が散乱し、書類や封筒も置き場がないほどに溜まり、使った食器はシンクの中で増え続け、コバエが飛ぶ。我慢できる暑さではない。手あたり次第に探していくしかないだろう。家中の窓を開け、寝室から扇風機を運んできた。よし、とタオルを頭に巻いた。

一時間探し続けても、リモコンは見つからなかった。探している間に洗濯機を回しておけばよかったと後悔してももう遅い。手際って大事なんだな。そうこうしているうちに優の迎えの時間が迫ってきた。こちらから園に迎えに行かなくてもいいという便利なシステムは、こちらの都合を無視するという意味でもある。決まった時間に決まった場所にしかバスは来ない。

ふらふらとした足取りでマンションを出る。「もうひとり、子供がほしいな」とか「優が小学校に上がったら、マイホームを建てたいな」と新奈が漏らしていたのを思い出した。そのうち、ここは引っ越すことになるだろう。優とふたりで3DKのマンションは広すぎる。

朝とまったく同じ顔ぶれのママさんたちと本日二回目のあいさつを交わす。

引っ越したら、保育園も替わらなければならないだろう。そしたら、またあんどうな手続きを踏まなくてはいけない。どちらにしても煩わしいのは変わらないんだな、と思った。

動物のイラストが描かれたマイクロバスがゆっくりと停車した。

「パパぁ」

優が元気に降りてくる。他の子供たちの「ママぁ」と叫ぶ声にかき消されそうになった。

歩夢は駆け寄って、優の頭を撫でる。すると、膝に両腕を巻きつけるようにして抱きついてきた。

「おかえり」

「肩車して」

「今？」

「うん」

「でも、危ないから。おうちでやろう」

「やだ。今ここでして。お願いパパ」

優は、歩夢の手をぎゅんぎゅんと引っ張った。今ここで優を肩車したら、目立ってしまう。ママさんたちの視線を一斉に浴びることになる。わざと明るく振舞っているなんて思われないだろうか。歩夢は同情されることを恐れた。

「パパ、早く」

優がせがんでくる。きゅるきゅるっとした眼で見つめられて、胸が締めつけられた。歩夢は、もうどうにでもなれという思いで優を肩に乗せた。

「いー、よいしょーぅ」

今くらい、ワガママを聞いてやってもいいだろう。

「うわぁ。たっかーい」と優がはしゃいでいる。それを見て、他の子供たちが羨ましそうにふたりを見上げた。「ぼくも」「わたしも」と自分の母親にせがむ。ママさんたちは、少しだけ眉をひそめて口角を上げた。

「あら、優くんよかったね」「さっすがパパだねー」「わぁ、いいなぁ」

なんて、想定内の言葉と視線が向けられる。だけど、思ったほどそれは悪くなかった。

「じゃあねー。みんなバイバーイ」

優が頭上で手を振っているのがわかった。きっと、その顔は自慢げだ。歩夢は背が高い。成人してからもちょこちょこと伸びて、学生時代、今年の健康診断で測ったら一八五センチもあった。優の見晴らしは最高にいいはずだ。運動が苦手な歩夢にとって背が高いことなどなんの得にもならなかったが、今日はとても得した気分だった。

あたたかな気持ちで家路を急ぐ。夕日が眩しい。

家に帰るなり、ふたりで「暑い暑い」とTシャツを脱いだ。汗でびしょびしょだ。エアコンのリモコンはまだ見つからない。そのまま、風呂場へ直行した。「ほら、脱げ脱げ」と優のTシャツを引っ張り上げる。

いきなり冷水シャワーを頭から浴びせた。優が「ちめたいちめたい」と手で顔を覆う。

少しずつ温度を上げていく。ぬるい水をふたりで浴びた。そのとき、タオルがなかったことを思い出した。

「困ったな」

このまま乾くまで待つしかないか、と軽い絶望感で脱衣所に突っ立っていると、優が「タオル、あるよ」と棚を指さした。

「ん？　これか？」箱を取り出してみると、まだ一度も使っていない贈答用のバスタオルだった。

「それ、僕の」

ん？　と首をかしげつつタオルを広げてみた。

『はじめ　ゆう』と青い刺繍が施されていた。見覚えのある、ひよこ柄のタオルだ。

「これ、優が生まれたときのやつか」

出産祝いのお礼に用意していたものを新奈がここに仕舞っておいたのだろう。優の頭を拭きながら、新奈がカタログを楽しそうにめくっていたのを思い出した。

「かゆい」

優は、ほっぺたを爪でかきながらあくびをする。

「あ、そうだ。優、魔法のクリームどこにあるかわかる？」

「うん。ママのきょーだい」

「ママのきょうだいって、ああ、鏡台か。お化粧する鏡のことだな」

「うん」

「優はなんでも知ってるんだな。じゃあさ、ピッピはどこにあるかわかる？」

ピッピはリモコンのことだ。

「わかるよ」

優は急に走り出す。

「ちょっと待て。まだ濡れてるだろ」

歩夢は軽く自分の体を拭くと、優を追いかけた。リビングの散らかり具合がさっきよりひどいことになっている。

「昨日ね、宝箱に直したの」

「宝箱？　おもちゃ箱のことか？」

優は、自分のおもちゃ箱をがしゃがしゃと漁る。その中から、丸いアルミ缶を取り出した。遊園地のお土産のクッキー缶だ。小さな手でそれを開けると、中から探し物が出てきた。

「あったー！」

歓喜の声をあげて歩夢はそれを掲げた。すぐさま冷房をつけ、十八度まで温度を下げる。助かった、と安堵する。

「優が隠してたのか？」

「うん」

「なんで、宝箱に隠してたんだ？」

「ママのね、好きな映画で観たんだ。ピッピがなくなってタイムマシーンに乗って過去とか未来とかに行くんだよ」

新奈が好きだった映画ってなんだっけ？　タイムマシーンが出てくる映画ということは、『バック・トゥ・ザ・フューチャー』か？　リモコンなんて出てきただろうか。

「タイムマシーンに乗って、ママに会いに行くつもりだったのか？」

「うん。でも、タイムマシーン来なかった」

その映画では、タイムマシーンのほうからやって来るのか。

「なんていう映画？」

「サマーなんとか」

「なんだろう。まあいいや。あー、涼しくなってきた。よし、とりあえず窓を閉めよう。そして、部屋を片付けよう」

「うん」

ちょっと悩んだけれど、それ以上タイムマシーンについては掘り下げないことにした。優は、母親の死をどう受け止めているのだろう。ここで「タイムマシーンに乗ってママに会いにいけたらいいな」とかその場しのぎの慰めをしたら、優は更に混乱するのではないかと思った。

勢いよく立ち上がったせいで優がコロンと床に転がった。「いてて」とお尻をさする。

それを歩夢が引っ張り上げようとしたら、今度は歩夢がバランスを崩してよろけた。

「ふははは」歩夢が笑って優も笑う。笑おう、と思った。笑うチャンスがあるときに笑ったほうがいいと意識的に思ったのだ。

「パパのちんちん、もさもさもさもさお～」優がふざけて言う。

「おうよ。もさもさもさおだ～」

歩夢もふざけた。新奈がいたら、きっと叱られただろう。それもまたいい。でも今は、男ふたりきりだ。妙なテンションだった。全裸で家中をのっしのっしと歩く。うほほうほほと変な雄たけびを上げながら。

窓を閉め切り、散乱した洋服を次から次に洗濯機へ放り込んでいく。段ボールに書類と封筒を投げ入れる。とりあえず、足の踏み場を確保しよう。

「パパ、パンツない」

「ちょっと待て。今、洗濯中なんだ」

優の箪笥からTシャツを引っ張り出し、頭からかぶせた。

「ちんちんが風邪ひいちゃうよ」

「大丈夫。すぐにパンツ乾くから」

はーい、と不貞腐(ふてくさ)れながら優はほっぺたをかく。

あ、そうだ。魔法のクリーム。

寝室の電気をつけ、新奈の鏡台の前に立った。抽斗(ひきだし)を開けると、魔法のクリームが見つかった。手に取り、パッケージを見ると『レスキュークリーム』と書かれていた。どうやら、魔法のクリームというのは正式名称ではなかったらしい。

そこへ、優が「パパぁ」と言いながら入ってきた。「見てぇ」とアルミ缶の中から、たんぽぽの綿毛のようなものをひとつ取り出した。

「それはなんだ？」

「ケタランパタラン」

ふーんと言って優の頭を撫でた。

「優の宝物か？」

「うん」

抽斗を閉めようとしたところで優が「あ、ママの宝箱」とつぶやいた。

歩夢は、押し込もうとした抽斗を今度は引っ張る。抽斗の奥に、正方形のアルミ缶が入っていた。優の宝箱より少し大きい。

「これ、ママの宝箱なのか？」

「うん。ママもね、大事なものをここに直してるの」

九州育ちの新奈は、片付けることを〝直す〟と言う。

「パパ、見てもいいかな？」

「いいよ」

とんでもない秘密が出てきたらどうしようと少しだけビビった。

アルミ缶の蓋をそっとずらすと、ぱふっと音がした。中のものを物色していく。

文庫本が入っていた。なぜ、本棚ではなくここに？　ぱらぱらとめくって、サインが書かれていることに気づいた。しかし、カバーに書かれている著者名と、サインの名前がちがう。これはいったいどういうことだろう？　小説なんて読まない歩夢には、皆目見当がつかない。何かの暗号だろうか。いや、それにしても変なものばかり入っている。優の宝箱と大差ない。

中をがさごそと漁っていると見覚えのあるものが出てきた。

「これ、うちの会社のシャープペンじゃん」

新奈が司書の資格を勉強しているときにプレゼントしたもので、書きやすくて気に入っていると言っていたのを思い出した。更に漁っていると、居酒屋のコースターが出てきた。ふたりの出会いの場となった居酒屋で、歩夢がコースターの裏に落書きしたものだった。旨い定食屋の地図を書いて、新奈に説明したのを思い出した。歩夢の職場と当時新奈が働いていた会社が近かったため、今度ランチでもどうかという流れになったのだ。

「こんなの取ってたんだ。捨てればいいのに」

言いながら歩夢の表情は綻んでいた。このアルミ缶の中には、新奈の大切な思い出が詰まっているのだろう。ガラクタに見えるこれらすべてに、ひとつひとつ思い出があるにちがいない。もう、それを確かめることはできないけれど。

アルミ缶の蓋を閉める。元々、何を入れていた箱だろう。お菓子か何かが入っていたと思われる。金色にコーティングされたそれを裏返してみると、シールが貼ってあった。

「カ・イ・ラ?」と読むのだろうか。下に住所が書いてある。

「優、今度ここに行ってみようか」

歩夢は何かに導かれるようにして、その箱の裏にある住所に行ってみることにした。

その店は、住宅街の歩道橋のすぐ横にひっそりと佇んでいた。歩道橋があることで道幅が狭く、階段部分が陰を作っていて看板がわかりづらい。一見、見逃してしまいそうなほどに小さいその店の扉を開けると、冷たい空気がふぁっと顔にかかった。薄暗く細い通路を進んで中に入ると、店主らしき人が「いらっしゃい」と歩夢たちを歓迎した。柔らかい電球の下で、品のいい婦人が優しくほほ笑む。まるで「おかえり」とでも言うように。

店内が暗いせいもあって、彼女がいくつくらいなのかはわからなかったが、声の感じからすると自分の母親くらいだろうと推測した。

「涼しい」優が言った。

確かに、外の空気とまるでちがう。ひんやりとした心地いい空間だ。それから、ほんのり甘い香りがする。

「あの、すみません。ここは、何屋さんですか?」

「ふふふ。それ」

店主は、歩夢の持っている箱を指さした。

そのとき、店の奥でちりりん、と鈴が鳴った。

「あ、デベソ」

店主が振り返って苦笑した。細長い尻尾のようなものが見えた。猫か。変な名前だな。

「ごめんなさいね、いたずらっ子なの」

店主はほほ笑むと、ふたりをガラスケースのほうに手招きした。歩夢はゆっくりと中に進む。ライトアップされた小石サイズのものがチョコレートであることはすぐにわかった。

「ああ、そっか」とつぶやいて、図書館で伴さんが言っていたのはこのことだったのかと合点がいく。

「ボンボンショコラってどれですか？」

歩夢はそれがいったい何かわかっていない。

「ボンボンっていうのは、ひと口サイズの砂糖菓子のことを指すのよ。それが派生してひと口サイズのチョコレートのことをボンボンショコラって言うようになったの」

店主は、ガラスケースの真ん中に鎮座(ちんざ)する丸や四角のチョコレートを指して説明した。

「へえ。ああ、これですか？」

「そう。かわいいでしょう」

「はい」

かわいいというより、美しいと思った。

「僕にも見せて」

優が下からせがんでくる。

「はいはい」と抱っこしてガラスケースの中を見せてやった。

「うわぁ。きれぇ」

優が興奮して声を上げる。

「ねえ、僕、食べ物のアレルギーとかある？」

店主は、歩夢のほうをちらりと見た。

「いや、ないと思いますけど」

歩夢は、自信なげに答えた。たぶん、なかったと心の中でつぶやく。

「ちょっと、試食していかない？」

「いいんですか」

「ええ。そこに座って」

小さな丸テーブルとスツールが二脚。優と向かい合って座った。

「これは、売り物じゃないんだけど……」

店主はくすくすと照れたような笑みを浮かべ、テーブルの上に皿を置いた。

「あ、ニコちゃんだ」

優がチョコレートを見て笑顔になる。

「ふふふ。今ね、転写シートを使ったチョコレートにはまってて、スマイルマークのボンボンショコラをお試しで作ってみたの」

ドーム型のチョコレートに、黄色いスマイルマークがふたりに向かってほほ笑んでいた。

「いただきます」

そっとつまんで口に入れると、一瞬で薄いチョコレートの膜が溶けた。すぐに、イチゴジャムのようなものが舌の上に載った。ねっとりとした食感。甘酸っぱい香りと風味が口の中で広がっていく。

「おいちぃ」

優の顔がとろんと溶けそうな表情になる。

「うん。おいしいな」

「ラズベリーとライチのガナッシュが入ってるのよ」

店主の説明をふむふむとうなずきながら、おそらくジャムみたいなものがガナッシュなんだろうと理解した。

「チョコレートはどなたが作ってるんですか？」

「わたしよ」

「おひとりで？」

「ええ。もう何年になるかしら。細々と続けさせてもらってるわ」

目尻に皺を寄せて、優しくほほ笑んだ。

「うちの妻、ここでチョコレートをよく買ってたみたいなんですけど、ご存じないでしょうか。えっと、髪の毛は長めで、たまにゴムで結ったりもしてて、背は僕の胸ぐらいで、色白で目が少し茶色くって……ええと」

思いつく限りの特徴を説明していると、優が「パパ、スマホ」と言った。

「ああ、そっかそっか。それが早い」

スマホの待ち受け画面を見せて「これ、なんですけど」と言うと「ああ、新奈ちゃんね。うちの常連さん。あなたがご主人？　そして、優くんね」

店主が優しくほほ笑む。優の名前を知っているということは、かなり親しかったということになる。

もしかすると、あの日、新奈はこの女性に会いに行こうとしていたのではないだろうか。

「妻、十日前に亡くなったんです」唇を噛みしめる。

「まあ……」

店主は、言葉を失った。血管の浮き出た手で口を押さえ、目をかっと見開いたかと思うと、つっと頬に涙がつたった。「ごめんなさい。知らなくて」店主は声をつまらせながら、ティッシュで目元を押さえた。何度かうなずくように「うんうん」とつぶやいて、何枚ものティッシュを濡らした。

「新奈ちゃんは、どうして？」

呼吸を整え、落ち着いた店主が改めて訊いてきた。

「急性心不全でした」

「そんな、まだ若いのに……」

店主は、両手で顔を覆った。歩夢はその反応に少しだけ慣れてしまっている自分に気づいて落胆した。妻が亡くなってから、何人にこの病名を伝えてきただろう。みんな、同じ言葉を口にし、なんとも言えない表情をする。

「妻は、誰かに会うつもりで出かけました。あの日、妻はここへ来ようとしていたのではないでしょうか？」

店主は、歩夢のほうを見ずに小さく首を振った。まるで、歩夢の推理がちがうと否定しているみたいに。

「でも、他に思い当たる人がいないんです」

「新奈ちゃんは、いつも仕事帰りにふらりと寄っていく感じだったわ」

今度は、歩夢の目を見てゆっくりと諭すように言った。

「じゃあ、妻はいったい誰に会いに行こうとしていたんでしょうか。どうして、その人は新奈の葬儀に来なかったのでしょうか……」

歩夢は、一気に力が抜けていくのを感じた。

「わたしも一緒に考えるわ。宿題ね。だから、顔を上げて」

「……」

うなだれるように、こくっと首を縦にふった。それが精いっぱいだった。

「パパ？」

心配そうに、優が訊いてくる。

「うん。ごめんごめん」

気を取り直して、ゆっくり立ち上がった。

「妻がいつも買っていたチョコレートをください」

歩夢は、アルミ缶をかしゃかしゃと振る。

店主は目元を少し抑えながら、ショーケースを開けた。

「こちらになります」

十二個入りのチョコレート＝一ダースのボンボンショコラだった。ひとつひとつ形や装飾がちがって、まるで宝石みたいにキラキラと輝いている。

「あなたが幸せになってほしいと思う人にこれを渡してください」

「え？」

歩夢が幸せになってほしい人。その人はもういないのに……。

「今、一番に浮かんだ人は誰？」

「妻です」

「じゃ、新奈ちゃんにこれを」

そう言うと、店主は金色の包装紙を広げて包み始めた。

「お店の名前って、カイラって読むんですか？」

「Ça ira（サイラ）」ネイティブな発音で店主は言う。

「サ・イラ……。サイラ」舌の上でその言葉を転がしてみる。

「フランス語でね、〝大丈夫・なんとかなる・うまくいく〟って意味があるのよ」

歩夢は、思わず目頭が熱くなった。鼻の奥がつんとして、温かいものが頬を濡らす。止めどなく溢れるそれを、歩夢はどうすることもできなかった。優が、しわくちゃのハンカチを渡してきた。ありがとうと言って、顔を拭いた。涙が止まらないのは悲しいからじゃない。店主の言葉が、今の自分たちにピッタリに思えたからだろう。

歩夢は思わず優の手をぎゅっと握った。そうすると、とても安心するのだ。新奈とつながっているような錯覚を起こす。

新奈がどこへ行こうとしていたのかは、今となってはもうわからない。だけど、生前親しくしていた人に新奈の死を伝えることはできた。

少しずつでいい。ふたりで歩んでいこう。新奈の思いとともに。

歩夢は優の手を握りながら、「大丈夫・なんとかなる・うまくいく」とつぶやいた。

第二章「サプライズが嫌いなオランジェット　―新奈」

「ひとりで、本当に大丈夫ですか？」

後輩の伴ちゃんが訊いてくる。

新奈は「うん。まかせてよ」と自信満々に返した。

「たくさん来てくれるといいですね」

伴ちゃんは軽くエールを送ると、新奈のパソコンの枠に『ファイト』と書かれた付箋を貼る。

「サンキュー」

二ヶ月に一度、この図書館内で開かれる〝読書会〟の準備に追われていた。第三日曜日の午後一時から、二階の会議室を使って行われる。それが来週に迫ってきているので、急ピッチで準備を進めていた。以前は月に一回開催していたのだが、あまりにも参加者が少なくて隔月開催となった。

参加者が減った原因のひとつは、SNSの普及により、読書会の認知度が上がり、あちこちで開催されるようになったからだろう。ハッシュタグ読書会で検索すると、結構な数がヒットする。最近では、リモート開催やお見合い要素を取り入れたものなど、さまざまなスタイルがあるらしい。

だけど新奈は、直接読者が集う従来型の読書会をこれからも進めていきたいと考えていた。

メインは、自分の好きな本を思う存分プレゼンすること。参加者は、まるで自分がその本のバイヤーにでもなったかのように身振り手振りで熱く語る。「あー、いますぐ読みたい。本屋に寄って帰ろう」なんて言わせることができたら、もうそのプレゼンは大成功である。まあ、ここは図書館だから、早い者勝ちで借りていくことになるのだけど。

参加者の年齢はバラバラで、下は十代から上は六十代までと幅広い。みんな最初は「人見知りだから人前でしゃべるのは……」なんて、ポスターの前でもじもじする。そこへ新奈が声をかけるのだ。「大丈夫ですよ。この本が好きですって紹介してくれれば、あとはこちらから質問しますから。どんな主人公でどのシーンが一番好きなのか答えてくれるだけでも」そう言うとたいていの人は「じゃあ」という感じで参加してくれる。まずは、興味を持ってもらうことが大事なのだ。

SNSはあまり得意ではなかったけれど、仕事と言い聞かせて最近はちょこちょこと更新頻度を増やしている。読書会用のアカウントを作り、『本の森のニーナ』という名前で日常を綴っている。リプやいいねがつくと少しだけ嬉しい。

「あら、こんなの来ちゃった」

クリックしながら、思わず苦笑する。

「新奈さん、またなんか変なDM来たんですか？」

伴ちゃんがパソコンをのぞき込んで訊いてきた。

「ううん。私がね、この映画が好きだってつぶやいたら、その映画の舞台やるから見に来ませんかって誘われちゃったの」

「誰に？」

「劇団の人に」

「へぇ。舞台かぁ。それってミュージカルですか？」

「さあ。どんなんだろう。でも、すごく気になる」

「ふーん」

伴ちゃんはあまり関心がないようで、「あ、セロハンテープ借りまーす」とカウンターを出て行った。近隣住民から頼まれた「犬を探してます」という迷い犬のポスターを玄関前に貼っているようだ。

なんの映画ですか？　くらい訊いてくれてもいいのに。もし訊いてくれたら、ここから二時間くらいその映画のおもしろさを語ってしまいそうだけど。

『サマータイムマシーンブルース』は、SF研究会の大学生たちが壊れる前のエアコンのリモコンを取りにタイムマシーンで「昨日」へと戻り、次々にドタバタ騒動を巻き起こしていくドミノ倒しのような青春SFコメディである。新奈はこの映画が大好きで、息子の優（ゆう）とよく家で観ていた。

優は、リモコンがなくなるとタイムマシーンがやってくると勘違いしていて、よく宝箱に隠して遊んでいる。そのたびに、歩夢（あゆむ）が「新奈」と苛立（いらだ）った声で叫ぶのだ。

「その舞台、観に行くんですか？」

玄関から戻ってきた伴ちゃんが訊ねる。

「ううん。だって、その日読書会があるもん」

新奈は、カレンダーを見ながら答えた。

「それは残念でしたね」

「いいのいいの。楽しみはたくさん取っといたほうが」

伴ちゃんの全然残念そうじゃない慰めに苦笑しつつ、劇団員にお礼とお詫びを書いたDMを送信した。

「あ、例の本も購入リストに入れておいたほうがいいですよね？」

「例の本って、なんだっけ？」

「ほら、今話題の『座右の銘を売る男』のエッセイ本ですよ。めちゃくちゃ売れてるらしいですよ」

「ああ。テキトーおじさんね」

「そうそうそう。バズってましたねぇ。『適当です』がトレンド入りなんてウケますよね」

とあるインタビューで「どうやって、その人の座右の銘を決めてるんですか？」という質問に対し男は「適当です」と答えたのだ。その若干うわずったような訛ったようなイントネーションと、『適当』というワードの意外性が受けて、瞬く間に時の人となった。

「まあ、でも彼の解釈は嫌いじゃないけどね」

「ん？」

伴ちゃんが首をかしげる。

「適当っていうのは、ちゃらんぽらんを意味する適当ではなくて、〝良い加減〟とか〝ほど良い感じ〟を意味する言葉として使ってるって言ってたわよ」

「そうなんですか？」

伴ちゃんは目を丸くする。

「うん」

最近の日本語は使い方がどんどん変わってきているなと感じる。「大丈夫」も「全然」も、否定の意味と肯定の意味を持つし、「適当」に関してはネガティブとポジティブの両方の意味がある。

「あ、確か今度、駅前の書店でサイン会と称した『座右の銘』のお渡し会するみたいですよ」

「それって、誰でも参加できるの？」

「さあ。予約とかいるんじゃないですかね」

「そっか」

「新奈さん、欲しいんですか？」

「うん。できれば」

「あー。残念。もう、予約終了しましただって」

伴ちゃんがスマホの画面を見せながら嘆いた。テキトーおじさんに書いてもらった『座右の銘』を財布に入れると、幸運が訪れるなんて都市伝説もあるぐらいだ。

あの人の肩書っていったいなんだろうと、彼の人懐こそうな笑みを思い浮かべた。頭に載せた手ぬぐいの巻き方が特徴的で、バラエティ番組に出るたびにいじられている。おでこを隠すためにしていると語っていたっけ。

「あ、新奈さん。あの子……」

伴ちゃんが、新奈の肩をとんとんと叩く。指さした方を見ると、麻尋くんが閲覧室の前でむつかしい顔をして体をひねっていた。慌ててカウンターを出る。

「どうしたの？」

「あ、新奈さん。なんか引っかかってるみたいで」

どうやら、閲覧室のドアにTシャツの裾が挟まってしまったらしく、身動きがとれなかったようだ。

「あー、ちょっと待ってね」

ひょいっと引き抜いてやるとすんなりドアからはずれた。彼はストリート系の格好が好きで、今流行りのカーゴパンツやダボダボのデニムを上手に着こなす。手足が長く顔が小さいのでどんな服でも決まって見える。お気に入りのキャップはニューヨークヤンキースのもの。肩まであるウェーブのかかった髪がよく似合っている。「天パーなんだよね」と八重歯を見せて笑った顔が、無邪気な少年みたいでかわいかった。

麻尋くんは、視覚障害者で閲覧室をよく利用している。点字の勉強をするために週に二度ほど訪れる。最近は録音図書に興味を持ち、自分でも作ってみたいと言っていた。

彼は、この図書館内なら白杖なしでも歩くことができる。だけどやっぱり、たまに人と接触してしまう。走りまわる子供と正面衝突……なんてこともたまにあるのでちょっと危なっかしい。

童顔で、まだ中学生といっても通用しそうなくらいに見えるけど、今年二十歳になるらしい。小学生のときに視力を失い、今は、かすかに光を感じる程度でほとんど見えないと言っていた。

「新奈さん、これ昨日録音してみたんだけど聴いてくれない？」

そう言うと、自分の耳からイヤホンを外した。

イヤホンを耳に押し込むと、すぐに音声が流れ始める。

「ん？　これは、あさのあつこさんの『バッテリー』だね」

「さっすが、新奈さん」

最近は、サブスクでオーディオブックなるものが聞けるようになった。小説なら、一作につき六、七時間で聞き終えることができる。だけど、まだまだ作品数は少ない。有名な作家の有名な作品しかないのが現状だ。

「あれ？　音声変えてる？」

「うん。ボイスチェンジャー使ってみた」

麻尋くんは自分の声があまり好きではないらしく、誰か代わりに吹き込んでくれないかなとぼやいていた。新奈自身も、自分の声はあまり好きではない。単なる違和感だと思うけど、誰だって普段自分で聞いている声と録音した声ではかなり印象がちがう。

「新奈さん、好きな声のタイプってあります？」

「そうねえ。低くて渋くてちょっとハスキーがかった声が好きだな」

うちの旦那さんの声とか、と惚気たい気持ちを抑えた。

「最近、色々なオーディオブックを聴き漁ったんだけど、耳なじみのいい声とそうじゃない声ってあるんですよね」

「耳なじみかあ。考えたこともなかったな」

「やっぱり、好きな声で聴きたいんですよ。そっちのほうが楽しみ増えるでしょ？」

「そうねぇ」

答えたものの、新奈はオーディオブックをあまり活用しないのでなんとも言えなかった。

「高音で、艶があって、ちょっと響く感じがいいですねぇ。甘い声っていうか、本能的にこの声好きだなってなるんですよ」

麻尋くんが目を瞑りながら言う。睫毛が長いなあと思わず見惚れてしまった。

「なるほど。声に恋しちゃうタイプなのね」

「そりゃ、今の自分にとって声は大事な要素のひとつだもん。昔は、顔で好きとか嫌いとか一瞬でジャッジしてましたけど」

麻尋くんは、見た目とはちがってどこか考え方が大人っぽい。まだ十代なのに、昔なんて言い方をすることに少し驚いた。

「あはは。そうね、私も顔で選んじゃうタイプだったな」

新奈は、歩夢の顔を思い浮かべた。決してイケメンではないし、パーツが整ってるわけでもないのに、わけもなく惹かれてしまった。なんだろう。あの安心感の塊のような笑顔は。ついつい顔がにやけてしまう。

カウンターに戻り、パソコンを再開させた。SNSに届いたDMを開くと、読書会の予約が一件入っていた。二十歳の男の子か。職業の欄には学生と書かれている。麻尋くんとお友達になってくれたらいいな、なんてちょっとお節介おばさんみたいなことを考えてる自分に気づいてはっとした。

「新奈さん、この本どうします？」

伴ちゃんが本を開いて渋い顔をしている。どうやら、寄贈された本に落書きがあったらしい。

「どれどれ？」

顔を近づけると、伴ちゃんが怒りをあらわにしながら表紙をめくる。

「もーう。なんで、アガサ・クリスティの本に自分のサイン書いちゃうかな。てか誰？七森なな美(ななもりななみ)って」

見覚えのあるサインだった。

「ああ、これはね……」と言いかけて、胸がつまった。「落書きじゃないのよ。ちゃんとストーリーがあるのよ」

「どういうことですか？」

「ううん、なんでもない。これ、私がもらったらダメかしら？」

「それは、全然いいですけど」

伴ちゃんは、めんどうな作業がひとつ減ったと安堵するかのように新奈に文庫本を渡した。

「きっと、将来高値がつくはず。ゴッホの絵にピカソがサインしちゃったくらいのレアものよ」

きょとんとする伴ちゃんに、新奈はほほ笑んだ。

伴ちゃんが七森なな美を知らなくても不思議ではない。彼女はまだ無名の作家なのだから。それに、うちの図書館には七森なな美の本は一冊も置いていない。彼女のデビュー作はすでに市場に出回っておらず、出版社に問い合わせても絶版状態だと言われた。

ひとり切ない気持ちになっていると、ちょうど閲覧室から麻尋くんが出てきた。

「あのさ……」と、声をかけ肩をたたくと、麻尋くんは「ん？」と人懐っこい笑みを向けた。

「去年の秋頃だったかな。作家の女性が読書会に参加してたの覚えてる？」

「ああ、七森なな美さんね。覚えてる覚えてる」

汗っかきの麻尋くんの肌からはスパイシーな香りが漂う。

一年前の読書会でのこと。自称〝売れない作家〟の彼女は「すみません。宣伝みたいで」と恐縮しながら、自身のデビュー作について語ってくれた。

それは、耳の皮膚が固くなり、だんだん木の皮のような疣が生じる病気の少年の話だった。悲しいけれどどこか温かみのある不思議な物語に興味をそそられた。

たしか、十年以上前に地方文学賞をとって作家デビューしたと言っていた。

「すごいですね」

新奈は本心でそう口にしたが、彼女の顔は暗かった。

「いえ、そんなことは……」

そこへ、麻尋くんが割って入ってきた。

「いつから、小説家になりたかったんですか？」

「小学生くらいのときかな」

「へぇー。そんな前から。きっかけは？」

「先生に作文を褒められたことが嬉しくて。学生時代は教室の隅っこでずっとノートに書き綴ってました。仲のいい子たちが私の作品を楽しみにしてくれて、回し読みするんです。早く続きが読みたいって言われるのが嬉しくて夢中で書いてました」

「すごいな。物語ってどうやって思いつくんですか？　ひとつ書き上げるのにどれくらいかかるんですか？　書くときはやっぱり原稿用紙に万年筆ですか？　それともパソコンですか？　これから書きたい物語って……」

麻尋くんは、矢継ぎ早に質問した。小説家の彼女は圧倒されながらも嬉しそうで、ひとつずつ丁寧に返事した。まるで、何かの取材のような感じで、新奈はふたりのやり取りをほほ笑ましく見守っていた。

その読書会の帰り、参加者の男性が彼女にサインを強請ったのだ。彼女は申し訳なさそうに、男性が差し出したアガサ・クリスティの本にボールペンで『七森なな美』と書いた。

「七森さんがどうかしたんですか？」

麻尋くんに訊かれて我に返る。

「また、読書会に参加してくれたらいいなって。ほら、彼女って本についての知識がすごかったじゃない」

「あー、確かに。七森さんの解説はおもしろかったですよね」

七森さんは、自分の本の紹介のときはおどおどと自信なげだったけれど、他の作品については様々な見解を交えてその物語の素晴らしさを語った。それこそ全員が「今すぐ本屋に行きたい」と言ってしまうほどに。

「また、お話が聞けるといいわね」

「あ、あの人、ローカルラジオに出てますよ。なんていう番組かは忘れちゃいましたけど」

「え？　そうなの？」

「この声どこかで聞いたことあるなーって思ったら七森さんでした」

「声だけでわかったの？」

「はい。七森さんの声には説得力があるんですよ。リズミカルで緩急の付け方がうまくて、ついついうなずいちゃうようなテンポ感というか」

「人の声のテンポ感なんて気にしたことないなぁ」

「これは、僕の唯一の特技かも。一度聞いた声は忘れないんです。その人の声が名刺みたいにストックされてる感じ」

「へぇ。いいね、その特技」

麻尋くんに感心しながら、七森さんのことが気になった。小説はもう書いていないのだろうか。

「そんなことより新奈さん、今日はご褒美ないんですか？」

麻尋くんが新奈の肩を小動物みたいにつつく。

「ふふふ。今度の読書会のビブリオバトルで一番だった人にあげようと思ってるの」

「えー。そんなの僕、不利じゃん。だって他の人より、読んでる数少ないんだから」

「数は関係ないわよ。麻尋くんは、オーディオブックの魅力を語ればいいじゃない」

「あーあ。あのチョコレートまた食べたいな」

「ふふふ。がんばってね」

　パソコンを開くと、さっき入った読書会の予約がキャンセルになっていた。

　新奈は思わず、「なんでよぉ」と顔をしかめた。

　二時半に図書館を出た。保育園バスが来るまで少し時間があるので『Ça ira』に寄ることにした。

　日傘をさし、住宅街を颯爽と歩く。人通りはほとんどない。

『Ça ira』の扉を開けるとそこはまるで異世界に迷い込んだみたい。ずん、と重い扉を開けるとひんやりと冷たい空気が漂う。淡い光の中で凛として立つ千代子さんはとっても不思議なオーラを醸している。年齢不詳な感じも魅力のひとつだ。きれいに結い上げた夜会巻きと着物生地のシックなワンピースがよく似合っている。年齢を重ねた人の美しさは、内側から滲み出てくるような気がする。

「こんにちは」

「新奈ちゃん、いらっしゃい」

「今日も私がんばったー」労うようにひとりごちる。

「何か、飲む？」

「うん」

　千代子さんは、出臍の猫とふたり暮らし。その名もデベソは、良き相棒という感じで千代子さんにそっと寄り添っている。彼女が寂しくならないように。もう、かなりの老猫だろう。最近、よく足を引きずるようにして歩いているのが気になる。

「さあ、召し上がれ」

カウンターの横にある小さなテーブルセットの上にグラスがふたつ置かれた。

「いい香り。これってミント？」

「そう。チョコミントソーダ」

「いただきます」

ストローに口をつけ、ゆっくり吸い込んだ。新奈の反応を千代子さんが待っている。

「うーん。爽やかでおいしい」

「よかった。最後にね、ミントの葉をぱちんと叩くのよ。そうするとね、香りがふわっと立つの」

『Ça ira』の店主である千代子さんとは、ひょんなことがきっかけで知り合った。

数ヶ月ほど前のこと。家電量販店のラジオコーナーの前で見かけた。店員を探しているのかきょろきょろと周りを見回し、不安そうに立っていたので思わず声をかけてしまった。

「何か、お探しですか？」

職業病なのかもしれない。お目当ての本が見つからずフロアをうろうろしている人を見つけたような感じ。

「一番いいラジオってどれなのかしら？」

「一番ですか？　ええと……」

新奈は声をかけたことを少し後悔した。ここは図書館ではなく家電量販店だったと。

「わたし、ラジオを聴くのが好きなの。色んな人の人生が詰まってるじゃない？　どんな人がメッセージ送ってきたのかなって想像すると楽しくて。でも、ずっと使ってたやつが壊れちゃったのよ」

千代子さんは、新奈を店員だと勘違いしたらしい。制服こそ着ていないけれど、気さくで自然な話し方はきっと店の偉い人なんだろうと思ったという。

「ちょっと待ってくださいね……」

辺りを見回すけれど、手の空いていそうな店員が見つからない。ラジオなんて買ったことないからさっぱりわからないし、スマホで聴けるのにまだ家電量販店に置いてあることにも驚いた。困ったと思いながらも、オススメと書いてある商品を手に取ってみる。

「これなんてどうでしょう。コンパクトでおしゃれでお値段も手ごろですよ」

まずいなと思いながら、完全に告白するタイミングを失っていた。

ひと通り説明すると、千代子さんは「なんだかよくわからないけど、それにするわ」と笑顔を向けた。「では、私は」と踵を返そうとしたところ、「ごめんなさい。使い方をレクチャーしていただけないかしら」とお願いされた。

新奈はようやく自分が店員ではなくただの客であることを告げ、謝った上で彼女にラジオの使い方を教えることにした。そのときにお邪魔したのが『Ça ira』である。

千代子さんは、「ごめんなさいね。わたし、機械音痴なのよ」と謝りながら、チョコレートと紅茶をご馳走してくれた。新奈が「何これ、おいしい」と感動の声を上げると、「よかったわ」とほほ笑んだ。

「絶妙ですよね。この甘酸っぱいオレンジとチョコの相性が」

「ふふふ。あなたに声をかけてもらったとき、オランジェットみたいな女性だなって思ったの」

「私のイメージ？」

新奈は、オランジェットをつまみ上げて首をかしげる。

「見ての通り、砂糖漬けのオレンジにチョコをかけたものなんだけど、このハーフ&ハーフな感じが、少女半分大人半分みたいで、あなたにピッタリな気がしてね」

「私に少女の感じ、まだ残ってますか？」

「ええ。とってもチャーミングで魅力的よ」

「やだ。そんな褒められると照れちゃいますね。うふふ」

「あら、褒めてくれる人、いないの？」

「いないですよ」

新奈が苦笑すると、千代子さんがいくらでも褒めてあげるわと笑みを返した。

帰り際、「あなたが幸せになってほしいと思う人にこれを渡して」と、一ダースのボンボンショコラを差し出された。

すぐに歩夢と優の顔が浮かんだけれど、その顔はすでに幸せに満ちていた。

それ以来、仕事帰りにふらりと立ち寄ってたわいもない話をするのが楽しみになった。

「ねえ、千代子さん、あの話してよ。おっぱいがこわれた話」

「またその話？」

ふふふ、と彼女は嬉しそうにほほ笑む。

千代子さんは、自分の息子の話をするのが好きだ。かわいかったのよぉと目を細めて、おもしろエピソードをたくさん披露してくれる。幼少期の子供というのは、大人が思いもよらない発見や言動を見せてくれる天使のような存在だと千代子さんは言う。確かにそうだと新奈もうなずく。遠い昔の話をしているのに、ふと同世代のママと我が子の自慢話をしあっているような気持になるから不思議だ。

「うん。だって、何回聴いてもおもしろいんだもん」

「あれは、息子が四歳になったばかりのころで……」

ミントがすーっと喉元を通っていく。新奈は、まるで授業を聴いている生徒のようにうんうんとうなずきながら真剣な表情で耳を傾けていた。千代子さんは、懐かしそうに愛おしそうに昔の話を語る。

「――それでね、いつもみたいに吸ってたら、変な味がしたらしいの。カゼをひいて味覚がおかしくなってたんでしょうね。『おっぱいこわれてしまった』って大騒ぎよ」

「あははは。ドリンクバーじゃないんだからってね」

ここですかさず、新奈がつっこみを入れるのがお決まりとなっている。

「この話をすると、この辺が熱くなるのよね」と胸をおさえながら、少しだけ切ない顔をした。新奈は、卒乳のタイミングを逃した千代子さんと息子さんの笑い話が大好きだった。

「千代子さん、私ね、運命とか奇跡とかけっこう信じるタイプなの」

「あら、わたしもよ」

「でも……」

「サプライズは苦手」ふたりの声が重なった。

くくくく、と思わず笑いが込み上げてしまう。

千代子さんは、昔、塾の先生をしていたことがあるらしく、生徒から散々サプライズのようないたずらを受けたらしい。「わたし、すぐに気づいちゃうのよ。何も知らなかった態(てい)で、ビックリする演技がどうしてもできなくて」と以前言っていた。

新奈もサプライズは苦手だった。仕掛ける側の自己満足が滲み出てしまうから好きじゃない。でも、人の笑顔を見るのは大好きだ。こっそり仕込んで、いかにも偶然起きた出来事のように振舞って、ただその人が喜ぶ顔を見られればそれでいい。縁の下の力持ちは決して名乗り出てはいけない。

「千代子さんがチョコレートを作り始めたのって、息子さんのため?」

「そう。あの子、ナッツアレルギーでね。市販のチョコ菓子って、見た目にはわからないけどけっこうナッツ類が使われてることが多くて。それで、手作りするようになったの」

千代子さんは懐かしそうに、目を細めた。彼女の作るチョコレートは、愛に満ちている。

「いいなぁ。ママの味って」新奈はつぶやくと、鞄の中のスマホをタップした。

「やだ、もうこんな時間。いつもの、お願いしていいかしら？　今度の読書会でプレゼントする予定なの」

千代子さんは、はいはいと言いながら金色の包装紙を取り出すと、『一ダースのボンボンショコラ』を包み始めた。十二個入りの宝石みたいなチョコレートセットはこの店で一番人気がある。千代子さん自身が大切な人に贈ろうと思って作ったのがきっかけだという。

「ありがとう。またね」

新奈は、笑顔で店を出た。

保育園のバスがゆっくりと停まった。

「ママぁ」という声とともに子供たちが一斉に降りてくる。みんなかわいいけれど、自分の子が一番だなと毎回思う。

「もう、優くん返して」「やだよ」「それ、ヨンコの」「ちょっとだけ見せて」と、優とヨリ子ちゃんの小競り合いが始まった。

「どうしたのふたりとも」

ヨリ子の母親のサエが止めに入る。

「ヨンコのキーホルダー、優くんが盗った」

ヨリ子ちゃんの一人称はヨンコだ。家でそう呼ばれているのだろう。

「こら、優。返しなさい」新奈が叱る。

「だって……」

新奈がきつめに叱ったものだから、優は不貞腐れてしまった。優の手からキーホルダーを奪いとる。丸い透明のケースの中にタンポポの綿毛が入ったものだった。スノードームみたいでとってもきれい。

「優、これが欲しかったの？」

不貞腐れたまま、こくっと首を縦に振った。

「ケタランパタラン……」

呪文のようにつぶやく。優はケサランパサランというものにはまっていて、白くてふわふわしたものを見ると興奮してしまう。最初は、なんのことかわからず調べたら、江戸時代以降に広まった伝承上の〝謎の生物〟で、見つけた人に幸運をもたらすという言い伝えがあるらしい。以前、泣いている女の子にハンカチを差し出したところ、お礼にと渡されたのがきっかけだった。たくさん集めるといいことがあると信じているようだ。

「ああ、これね。あたしが作ったものなの。ヨンコにはまた作ってあげるから、優くんにあげたら？」

サエが言うと、ヨリ子ちゃんは激しく首をふった。

「ダメ。あげない」

「ああ、いいのよいいのよ。ごめんね、ヨリ子ちゃん。ほら、優。ごめんねは？」

「……ごめ」拗ねたように謝る。

「作り方教えようか？」

サエはヨリ子ちゃんに聞こえないように、新奈に耳打ちした。サエの気遣いが嬉しかった。ヨリ子ちゃんの気持ちを考えての行動だろう。自分のお気に入りのものを誰かにあげるのなんて絶対に嫌だし、ましてや母親に作ってもらった世界にひとつだけの物ならなおさらだ。

「ありがと。今度お願い」新奈は笑顔で返す。

「優、帰ろっか」

べそっかきの優の手をそっとにぎる。

「ママが、ヨリ子ちゃんのやつより、大きなケサランパサラン見つけてあげる」

「ほんと？」

「うん」

白くてふわふわしていて、すぐに手に入るものといったらアレしかない。百均かドラッグストアに行けば売っているだろう。耳かきの上についているアレだ。

「ねえ、新奈さん」

サエに呼び止められて振り向く。

「また、一緒にランチでも行かない？」

「いいわね、行きましょう」

「じゃ、十六日はどう？　日曜のお昼。たまには、旦那さんに優くん見てもらってさ」

サエの家では、週末にヨリ子ちゃんを義理の実家に預けることが多いらしい。以前、お姑さんに娘を取られるみたいな感じがすると愚痴をこぼしていた。

「ごめん。その日は読書会があるの」

「じゃ、その次の週末は空いてる？」

「うん」

「ちょっと、相談したいことがあるの」

サエの顔が強張るのがわかった。

「また、お姑さんと何かあった？」

耳元で囁く。

「別のことで……」

「どうしたの？」

「うん、ちょっとね……」

サエはもじもじしながらつぶやいて、眉をひそめた。

「じゃあさ、今からラーメン食べに行かない？」

「え……」

「行ってみたいお店があるの。話はそこで聴くから」

「うん。ありがとう」

ほっとしたサエの顔を見て、新奈も安堵した。

だけどその日、サエの相談を聴くことはできなかった。

それだけじゃない。やり残したことはたくさんあるのに。

――まさか。自分が死んじゃうなんて。

だからサプライズは嫌いなのよ。

第三章「ため息とショコラギモーブ　三宮サエ」

「サエさんって、器用なのね」

ヨリ子の盛りまくった髪を指して新奈（にいな）さんが言う。

「そう？　ありがとう」

そっけなく返したものの、うれしくてつい顔がにやけてしまった。毎朝夫には、「そんな派手な頭させて」と嫌味を言われている。女の子はいつだってかわいい恰好がしたいのよ、と反論してもわかってくれない。

サエは幼少期、髪の毛を伸ばすことを母親に禁じられていた。あまり裕福な家庭ではなかったことから、シャンプーと水道代節約のために髪を短く切り揃（そろ）えられていたのだ。もちろん、美容室になんて行かせてもらえなかった。切れあじの悪いハサミでザクザクと切った髪はいつも不揃いで恥ずかしかった。

もし自分に娘が生まれたら、長い髪を綺麗に編み込んで、かわいいリボンをつけてあげたいと思っていた。

「いいなぁ。女の子って、そういうのがあるから楽しいわよね」

新奈さんの言い方には嫌味がない。サエは、小さくはにかんだ。

「でもね、ママね、すぐ怒るんだよ」

ヨリ子が横から文句をたれる。

「あんたがじっとしてないからでしょ」
フェルトとビーズで作ったヘアアクセサリーの位置を直し、笑いながら答えた。ちなみに、ヘアアクセサリーもサエの手作りだ。昔から、手芸や工作など指先を使うものが得意だった。

保育園のバスを見送り、ほっとひと息つく。

「ねえ、今度のランチなんだけど、ここどうかな？」

サエは、インスタの保存画面を新奈に見せた。

「うわぁ。美味しそう。ランチセットにするとデザートとコーヒーがつくのね」

新奈さんの表情にサエはほっとする。

月に一回くらいのペースでランチ会をしている。インスタで話題のお店を見つけてはサエから誘っている。新奈さんから誘ってくることはない。本当は誘ってほしいと思っているけれど、なかなか距離は縮まらない。ふたりでこっそり食べるランチは、学校帰りに寄り道をしているような特別感があった。

新奈さんは、サエの愚痴を「大変だねぇ」と相槌をうちながら聴いてくれる。的確な答えやアドバイスが欲しいわけではないから、ただ聴いてくれるだけでありがたい。それに、他のママさんたちに口外することもないから安心して話すことができる。

新奈さんは九州の生まれで、大学進学のときに上京してきたらしい。就職は都内だったらしいが、結婚してこの町に引っ越してきたと言っていた。都心まで電車で約三十分（家から駅まで車で二十分ほどかかるけれど）。交通機関の利便性もよく、大型ショッピングセンターやレジャー施設も豊富で、家賃相場もそこそこで治安もいい。子育てしやすい街ランキングにも最近は名を連ねるようになった。あちこちで新築マンションが競うように建っている。

「うちの旦那、あたしが前の職場に戻るのを嫌がるのよ」

「あら、どうして？」

「昔、仕事で鬱になったことがあって、またなるんじゃないかって心配みたい。でも、それは前の前の職場でのことなのよ。もう、何年も前の話なのに」

「心配してくれてるってことは、愛されてるってことじゃない」

新奈さんはいつもそんな感じだ。ネガティブをポジティブに変換してしまう。

「でも、それってあたしのことを信用してないってことよね？」

「サエさんは、今、ご主人の会社の事務をしてるんでしょう？　それって、信用して任せてもらえてるってことなんじゃないの？」

「ちがうわよ。他に人を雇うより、あたしをこき使ったほうが安あがりだからに決まってるわ」

ついつい、いつも声が大きくなる。

「私からしたら、羨ましいわ。うちなんて、早朝出ていって帰るのは深夜だもの。ほとんど会えないんだから」

〝会えないんだから〟のところで新奈さんは苦笑した。会いたいのに会えないという思いがまだ夫に残っているということだ。

寂しさを紛らわすために働いてるのよ、なんて以前言っていたけどちがうと思う。それはサエへの配慮であって、本当のところ新奈さんは仕事を楽しんでいる。やりがいだってきっと感じているだろう。羨ましかった。自分も新奈さんみたいに誰かに必要とされる仕事がしたい。

新奈さんのご主人のイメージはぼんやりとしている。なんとなく影が薄い。ひょろっと背が高くて優しそうな人、という感じ。

実際、優しいのだろう。新奈さんの口からご主人の悪口を聞いたことは一度もない。「うちの人がね」なんてちょっと愚痴っぽい感じに話してきたとしても、最終的には惚気られて終わる。なんだかんだ仲がいいし、お互いを信頼し合っている感じがする。

ランチしている間も、何度もご主人からLINEが来ていた。「〝昼飯は煮魚定食でした〟だって。もうやだ、これ嫌味よ。私、煮魚なんて家で作らないもの。焼き魚オンリーだわ」と豪快に笑っていた。

サエは自分のスマホを見て「うちはLINEなんてこないよ」とつぶやいた。

夫は、製麺所の二代目として、小さな工場を営んでいる。付き合いたてのころは、大手旅行代理店の営業職についていた。家は継がない、と言っていたから安心して結婚したのに、ヨリ子が生まれるタイミングで継ぐことを決めた。今は夫の実家近くのマンションに三人で住んでいるけれど、いつかは一戸建てに住みたい。夫は仕事が好きというよりは意地になっているところがある。会社を大きくしなければというプレッシャーを感じているらしく、常にイライラしていて、サエの話に耳を傾ける余裕はない。

『ねえ新奈さん、ちょっと聞いてよ』

そうやってサエは普段のうっぷんを晴らしていた。彼女の前向きな言葉や姿勢にいつも励まされてなんとか過ごしてきた。彼女のように溌剌と生きられたらどんなにいいだろう。

その、新奈さんが亡くなった。

急性心不全だったらしい。まだ、三十四歳だった。人はあっけなく死んでしまう。なんの前触れもなく。

彼女が亡くなる一週間ほど前、子供たちを連れてラーメン店へ行った。近所にある、老夫婦ふたりでやっている小さな店で、先代からの古いお客さんだ。付き合いで何度か食べに行ったことがあるけれど、特別おいしいというわけでもない。お客さんもほとんど入っておらず、いつ潰れてもおかしくないといった感じなのに、しぶとく生き残っている。そこへ、新奈さんが行ってみたいと誘ってきたときは驚いた。

本当はふたりきりのときに相談したかったけれど、新奈さんから誘ってくれたことがうれしくて、四人で行くことにした。

「ちょっと早いけど、夕飯にしちゃおっか」

新奈さんの提案に乗ることにした。四人でご飯を食べに行くなんて今までになかったから、優くんもヨリ子もいつも以上にテンションが高かった。中華そばをふたつとお子様ラーメンをふたつ頼んだ。

その直後、オーダーを取った男の子が「よかったらこれ」とコーラを二本テーブルに置いた。どうやら新奈さんの知り合いらしい。

「僕、飲みたい」

優くんが勢いよく瓶をつかんだ。

「じゃ、ヨリ子ちゃんもどうぞ」

新奈さんが勧める。

「うちは、大丈夫」

「えー。ヨンコもコーラ飲んでみたい」

「ダメ。炭酸は歯が溶けちゃうのよ！」

サエのひとことに、一瞬で場の雰囲気が悪くなる。新奈さんはばつが悪そうに苦笑した。

それから、ヨンコの機嫌が悪くなり、終いにはラーメンをこぼしてしまうというハプニングに見舞われた。「熱い熱い」と泣き叫ぶヨリ子をなだめることができず、新奈さんたちを残して店を出ることになってしまった。

翌日、「また別の機会に話聴くから」と新奈さんは言ってくれたけれど、それっきりになってしまった。もしあのとき、一日ぐらいいいかとヨリ子にコーラを飲ませていたら、何か状況は変わっていたかな。このもやもやした思いを抱え続けることはなかったのかな。

「あのね……」

言いかけて止めた。新奈さんに相談しようと思っていたことを夫に聴いてもらおうと思ったのだ。この人は、相槌すら打ってくれないだろうと今までのやりとりを思い出して諦めた。

はあ。ため息が漏れる。

スマホをタップし、小金丸さんとのトーク履歴を開いた。半年前に送ったメッセージが最後になっている。小金丸さんとは、今のマンションに引っ越してきたときに知り合い、おたがい不妊治療をしていたことがきっかけで仲良くなった。ふたりでがんばろうねと声を掛け合い、励まし合っていたのが懐かしい。ヨリ子が生まれたとき、小金丸さんは「おめでとう」と涙を流して喜んでくれた。がんばったんだね、と誰よりも労ってくれた。

「抱っこさせてくれる？」

ぎこちない手つきでヨリ子を抱くと、「やっぱり、わたしも欲しいな」とつぶやいた。

そのとき、胸がちくりと痛んだ。なんと言えばいいのかわからなかった。「お先にごめんね」でも「小金丸さんもがんばってね」でもない、気の利いた相手を思いやる言葉が浮かばなかった。

出産祝いに手製のオムツケーキをプレゼントしてくれた。サエは手作りということもうれしかったけれど、小金丸さんが今までと変わらず接してくれることが何よりもうれしかった。

ヨリ子の子守りも積極的に手伝ってくれた。「たまには息抜きしたいでしょ」と言われて、ひとりで買い物に出かけたこともあった。初めての沐浴も、初めてのお散歩も小金丸さんが付き合ってくれた。彼女はサエよりも五つ上だったから、今年で三十九歳になる。見た目も若いし、感覚も若いので年齢差を感じたことはない。

サエにとってお姉さん的な存在として頼りにしていた。

ところが、ヨリ子が保育園に通うようになってからだったろうか。小金丸さんとの間に距離を感じるようになったのは。マンションのエレベーターで会ったら挨拶くらいするが、家を行き来することはほとんどなくなった。

去年のヨリ子の誕生日会には来てくれたけれど、こちらが小金丸さん宅へお邪魔しようとすると、理由をつけて断られるというのが何回か続いた。いつしか、連絡も取らなくなり、エレベーターで会っても会釈する程度になってしまった。

サエは最近ずっと考えている。

あたし、何かしたかな？

単なる勘違いと言い聞かせ、今まで気にしないように努めていたけど、もう耐えられない。先日、隣町のショッピングセンターで見かけて声をかけたとき、思いっきり無視されてしまったのだ。

小金丸さんは、赤ちゃん用のオムツを両手に抱え、レジに並んでいた。

「あ、小……」

目が合ったとたん小金丸さんは顔を伏せ、聞こえていないふりをした。

——なんで？

そのときのショックがずっと心に残って、毎日悶々としている。

「そのオムツどうしたの？」とサエが訊くのを恐れたような顔をしていた。

彼女に子供はいないはずなのに。いったいあれはなんだったんだろう。

「〝好々亭〟すごいことになってるな」

夫が新聞を見ながらつぶやいた。新奈さんと一緒に行ったラーメン屋だ。あのときは、今にもつぶれそうな老舗店だったのに、それがいまや行列が絶えないというから驚きだ。

有名人の影響力ってすごいな、とサエは思った。

先日、今話題の『テキトーおじさん』が好々亭のことをテレビで紹介した。青春がつまった思い出の味、なんて言いながら。レポーターのグルメ大好き芸人が絶賛したことも追い風となり、店は一気に話題となった。そのことが地元新聞に掲載されると店の状況は一変した。『連日行列が絶えない人気店へ』という謳い文句で紙面を飾った。

「おー！　うちの名前が載ってるぞ。〝こだわりの麺は『三宮製麺所』の中太ちぢれ麺を使用〟だって。うちも大繁盛しちゃうんじゃないか」

「そんなにうまくいかないわよ」

サエの言葉は夫には聞こえていない。

テキトーおじさんがこんなに取り上げられるきっかけは、いったいなんだったのだろうと記憶を遡る。確か元々は、ただの路上アーティストで、道行く人に〝座右の銘〟を配っていたらしい。いつしか、その『書』をお財布に入れていると幸運がもたらされるという噂が回った。いつも同じ場所にはいないという希少性とも相まって噂は都市伝説のように広がっていった。神出鬼没のレアキャラ的な感じで、幸せを求める人たちが男を探した。トレンドに敏感なテレビ番組が躍起になって男を探してようやく見つかったというのが流れだ。

ため息をひとつついて、新聞の折り込みチラシを抜き取った。スーパーの安売り広告をチェックしていると、その中に『犬を探してます』と書かれたチラシが入っていた。黒いフレンチブルドッグが舌を垂らしてこちらを見つめている。

そういえばこのチラシ、最近あちこちで見かけるけど、まだ見つかってなかったのか。

「日曜、母ちゃんが朝からヨンコと買い物に行きたいから、土曜の夜から泊りに来させろだって」

夫がスマホをタップしながら言った。

「え？　また？」

サエは顔をしかめた。ここ最近、ヨリ子のお泊りが増えた。ほぼ毎週、夫の実家へ泊まりに行く。

「なんだよ。そのほうがおまえも羽根が伸ばせていいだろ」

「すぐそこなんだから、泊りじゃなくてもいいじゃない。日曜の朝、あたしが送ってくし」

「母ちゃんひとりで寂しいんだよ。ヨンコが泊ると喜ぶんだぞ」

「寂しくないでしょ」だって、家の敷地内に実の娘が住んでるんだから。

「とにかく、土曜日な。泊りの準備しとけよ」

「あのさ、お義母さんのことなんだけど……。ヨンコのことあまやかしすぎるのよね」

サエは気づいている。義母がこっそり、ヨリ子にチョコレートを食べさせていることを。

「ママに内緒ね」とふたりでこそこそ話しているのを聞いたことがある。ヨリ子のワンピースにチョコレートの甘い匂いが染みついているとも知らずに。母親の目をごまかせるわけがないのに。餌付けみたいでズルいと思う。

「いいだろ。孫を甘やかすぐらい。おまえが厳しすぎるんだよ」

「あたしは厳しくしてるんじゃないの。ヨンコのために……」

そこで口を噤んだ。「子供のために、という親が一番子供をダメにする」と言い返されるのがわかった。夫の口から発される教育論はたいてい誰かの受け売りだ。

「それより、お義父さんまた入院したんでしょ？　見舞金ってまたいるの？　こないだも三万円包んだばかりなんだけど」

話を変えた。

「そういうのは美佐子（みさこ）に訊いてくれ」

「またそうやって逃げる……」

美佐子というのは夫の妹で、結婚して実家の敷地内に一軒家を建てた。土地代が浮いてラッキーと能天気に口にしていたっけ。サエと年齢が同じこともあり、ため口でズバズバと物を言ってくるところが苦手だ。お義姉（ねえ）さんではなく「サエちゃん」と呼び、友達のように馴れ馴れしい。

そして、よく金の催促をされる。やれ新築祝いだ、出産祝いだ、節句の祝いだ、入学祝いだ、入院費だと。もらえるものはすべてもらおうというのが美佐子の考えらしい。そのくせ、自分は妹だからという自己中心的理由で結婚祝いはなかったし、ヨリ子の出産祝いも入園祝いもお年玉もびっくりするくらい少なかった。

「ああ、そういえば、五〇五号室の小金丸さん、今月いっぱいでここを引っ越すらしい」

夫がサエの愚痴をシャットアウトするように、話題を変えた。

「え？　なんで？」

「さあ。こないだご主人と居酒屋でばったり会ったときに聞いた」

「どうしてあたしに言ってくれないのかしら」

サエは、小金丸さんから直接聞かされていないことに苛立った。

「小金丸さん家、最近変な噂流れてるらしいな」

「噂って？」

「早朝とか夜中に大きな箱をこそこそ運んでるらしい」

「何それ。どういうこと？」

「さあ。車でどこかに出かけてるらしいぞ。何、運んでんだろうな。怪しいよな」

夫はにやにやと厭らしい笑みを浮かべた。

土曜日、ヨリ子を夫の実家に送った後、スーパーで新奈さんのご主人を見かけた。

「こんにちは」

「ああ、どうも」

一さんは、牛肉のパックと豚肉のパックを両手に持ち、苦い顔をしていた。夕飯に使う肉を吟味しているのだろう。

「あのぅ、ポークカレーとビーフカレーだったらどっちがおいしいんですかね？」

一さんが苦笑しながら訊いてきた。

「どっちでもいいと思いますよ」

新奈さんならきっとそう答えるだろう。

「そうですよね。ははは」

ぎこちなく笑って、ふたつのパックを見比べる。

「あれ、今日、優くんは？」

「お留守番の練習をさせてます。自分からしてみたいって言うので家に置いてきました」

「大丈夫ですか？」

「なんとかなりますよ。大丈夫大丈夫」

一さんは自分に言い聞かせるみたいにうなずく。

「えらいですね。優くん」

父子で頑張っている姿を想像して胸が熱くなった。

「ふたつとも入れるのもありかな」一さんは、牛肉と豚肉のパックを両方籠に入れた。

「あ！」サエは突然思い出した。「あの……、宝石みたいにキラキラしてるチョコレートって、どこに売ってるかご存知ですか？」

「あなたもでしたか」

一さんは、くしゃっとほほ笑んだ。

――ご褒美だから、チョコレートは。

新奈さんの口癖を思い出す。子育ての中でも、このご褒美ルールをうまく活用していたらしい。優くんにも食べさせているの？　と訊いたら、ちゃんとお片付けができたときにねと言っていた。

サエは、子供にはまだチョコレートは早いと思っている。せめて、小学校に上がるまでは与えたくない。やはり、虫歯になることを危惧してのことだ。

幼少期、歯医者にもなかなか連れて行ってもらえなかった。痛みを堪（こら）えながら夜を過ごしたこともある。

そもそも、きちんと歯磨きをする習慣というものがなかった。自分の親が子育てに対して積極的ではないことはなんとなく感じていたけれど、今思えばネグレクトというものだったのだろう。大人になってそれを知った。

隠れてこそこそチョコレートを食べる気持ち、夫にはわからないだろう。

『宝石みたいにキラキラしてるチョコレートがあるんだって』

いつだったか、優くんがヨリ子に漏らしたらしい。ピカピカのきれいな箱に入ってるんだ、と続けたという。

スーパーを出るとバスに飛び乗った。一さんがレシートの裏に書いてくれた地図を見つめる。ちょっとわかりにくいところにあるんですよ、と言いながらさらさらとペンを走らせた。花屋さんのところにはチューリップを、自転車屋さんのところにはタイヤを、パン屋さんのところにはクロワッサンと細かくてかわいらしいイラストが添えられていた。意外と器用なんだな、と感心した。

「うちの人、昔、美大に通ってたらしいのよ」と新奈さんが言っていたのを思い出す。器用貧乏の典型って感じ、なんて笑いながらご主人が描いた絵や陶芸の写真を見せてくれた。

バスで十分、それから歩いて五分ほどのところにそのチョコレートショップはあった。

住宅街にある歩道橋の横なんて、確かにちょっとわかりづらい。一さんの書いてくれた地図はとても親切だったので、迷わずに見つけることができた。

『Ça ira（サイラ）』と書かれた扉を押す。

薄暗い通路をゆっくりと進むと、小洒落（こじゃれ）たヨーロッパ風の空間が見えた。ひんやりと冷たい空気が気持ちいい。

「いらっしゃい」

女性が優しく迎えてくれた。

「わあ、すごい」

ガラスケースに並んだチョコレートの美しさに見惚れた。

「きれいでしょ。これね、新作なの」

女性店主は言う。

「試食してくださる？」

「いいんですか？」

「ぜひ」

店主は、小さな皿にひとくちサイズのチョコレートを載せると、「どうぞ」と差し出した。

白とピンクの二色あって、見た目もかわいい。

「いただきます」おしぼりで軽く手をふく。

口の中に入れた瞬間、すっとチョコレートが溶けて、次にもちっとした食感に驚いた。

った。

「え、何これ。おもしろい」

思わず、感動の言葉が漏れた。ふわふわもっちり、味わったことのない不思議な食感だった。

「でしょ？」店主はほほ笑む。

「これは、なんていうチョコレートですか？」

「ショコラギモーブと言ってね、マシュマロにチョコをコーティングしてあるの」

「マシュマロなんですね。でも、あたしの知ってるマシュマロとはちがう」

「ふふふ。中のマシュマロが二層になってて、それぞれ柔らかさを変えてるの」

「へえ。奥深いんですね」

「しかも、合成保存料も卵も大豆も白砂糖も使ってないのよ」

「え？　こんなに甘いのに？」

「そうよ。うちの商品はできるだけ、自然のものを使うようにしてるの。だから、小さな子供が食べても安全よ」

「あの、あたし、子供にチョコレート禁止してるんです。虫歯になるからって。でも、本当はわかってるんです。チョコレート自体が虫歯に悪いわけじゃないって」

「そうね。虫歯菌が好きなのは、チョコじゃなくてお砂糖のほうだものね」

「はい。あたし、意地になってたんだと思います」

「じゃ、今度、お子さんと一緒にいらっしゃいよ」

「はい。是非」

そう答えたところで夫から着信があった。スマホをタップして出ると、いきなり「おい、今どこにいる?」と怒鳴られた。

「何?　どうしたの?」

「ヨンコがいなくなった」

「どういうこと?」

「母ちゃんが近所の人と電話で話してる隙にいなくなったって言うんだ。玄関から靴もなくなってたって」

「え?　嘘でしょう」

サエは激しく動揺していた。ヨリ子がいなくなった。どこに行ったのだろう。

「あの、すみません。帰ります。チョコレートはまた今度買いに来ます」

慌てて外へ出た。バスの時刻を見ると、次は二十分後となっていた。待っている時間がもったいない。いてもたってもいられず、スマホをにぎりしめて走り出した。タクシーを停めて乗り込むと、「早く出して」と叫んだ。思いのほか道路が空いていたので、五分ほどで着いた。

マンションのエレベーターで小金丸さんと一緒になり、気まずい空気が流れた。

「あ、」とお互い目を合わせると、視線を外した。それから「ヨンコがいなくなったの」とサエは口にしていた。

「それは大変。わたしも探すの手伝うわ」

「ありがとう」

小金丸さんは、冷静だった。

「あなたはここにいたほうがいいわ」

「でも……」

「ヨンコちゃんがひとりで帰ってくるかもしれないでしょう」

確かにその可能性はある。

「そうね。じゃ、お願い」

サエはエントランス前に立つと身を乗り出して、ヨリ子の姿を祈るような思いで待ち続けた。

しばらくすると、夫は汗だくになりながら戻ってきた。完全に目が血走っている。

「ヨンコ、帰ってきたか？」

「ううん。あの子に何かあったらどうしよう」堪えていたものが溢れ出す。うわんうわんと子供みたいに泣き出した。もしも誘拐だったらどうしようと不安になる。

「泣くなって。大丈夫だから。絶対見つかるから」

「う、うっうっ……」

「警察には連絡してあるから。知り合いにも頼んでるし、安心しろ。絶対見つける」

なぜか、こういうピンチのときの夫は頼もしく見える。ふと、初めて会った日のことを思い出した。

「……うん」

声にならない声で返す。夫はまた走り出してしまった。

スマホを握りしめて、おろおろと自分はマンションの前に突っ立っているだけ。何もできない自分がもどかしい。

「ヨンコちゃんは？」

今度は、小金丸さんが汗だくになって戻ってきた。

「ううん。まだ。ごめんね、小金丸さん。あたし……。なんか……」

はあはあと走ってもいないのに息が切れる。

「落ち着いて」小金丸さんがサエの肩をさする。

「小金丸さん、引っ越すんでしょ？」

「うん。ごめんね」

どうして謝ってくるのかわからなかった。

そこで、夫から電話がかかってきた。

「見つかったの？」

「さっき、女の人と一緒に歩いてるのを見たって情報があった」

「誰？　誘拐じゃないよね？」

「背が高くて黄色いワンピースを着た人だったたって」

「嘘でしょ……」電話が切れ、呆然とする。夫の言う怪しい女の特徴と小金丸さんの恰好がまるで同じだったのだ。体がぶるぶると震えだす。

「あたし、何かしたかな？」

恐る恐る訊く。まさか、小金丸さんが娘を？

「え？」

驚いた顔がなんだか惚けているように見えた。

「だって、ずっと避けてたでしょ。家に遊びに行きたいって言ったら断られるし。こないだ、隣町のショッピングセンターで会ったとき、思いっきり無視されちゃったし。あたし何かしたのかなって」

妙なテンションになり、一気に捲し立てた。子供が行方不明になっているときにこんなこと話している場合じゃないのはわかっていた。だけど、今訊かなかったらもう一生話す機会もないのではないかと思った。それに、彼女を疑う自分がいる。

「ごめんね。実は、アレが原因というか……」

小金丸さんが掲示板を指して言う。「犬を探してます」のポスターだ。

「アレがどうかしたの？」

「実は私、もう子供を諦めることにしたの。それで、一年くらい前から犬を飼いはじめて。でも、うちのマンションはペット禁止でしょ。だから、こっそりね。小さいときはよかったんだけど、大きくなるにつれて、知らない人を見ると吠えるようになっちゃって。それで、誰も家に呼ばないようにしろって主人に言われてたの」

「ああ、犬を……」サエは、犬や猫があまり好きではないと小金丸さんに話したことを思い出した。

「あのポスターの犬、色も犬種もうちの子とまったく同じなの。ずっと見つからなくて、最近じゃ犬の誘拐説まで流れてるのよ。黒いフレンチブルドッグを連れてるのを見られたら、隠し撮りされて飼い主に連絡が行くようになってるってSNSで知って、それでなんか人目を避けて生活するようになっちゃったんだよね」

「そんな弊害があのポスターにあったとはね」

早朝や夜中に大きな箱をこそこそ運んでいるらしい、というのは犬だったのか。

「まあでも、こっそり飼ってるうちが悪いんだけど」

「そっか。それで引っ越すことにしたのね」

「そういうこと。なんか、ごめんね」

小金丸さんは、頭を下げて謝ってきた。

「でも、オムツはなんで？」

「あれはね、うちの子が生理になっちゃって。犬用のオムツって少し高いから、ベビー用のオムツで代替えしようと思って買い込んでるのを見られちゃったんだよね。咄嗟に目をそらしちゃってごめんんね」

「なんだ、そういうことか」サエは、拍子抜けしたようにつぶやいた。

小金丸さんの話しぶりに不自然な点はない。彼女が動揺している様子もない。じゃ、ヨリ子はどこに行ったの？

あたふたしていると、「ママぁ」と声がした。ふと視線を上げる。ヨリ子が泣きながら駆けよってくるのが見えた。

その少し後ろで、ボブカットがよく似合う若い女の子がサエに向かってお辞儀した。ひらひらとひまわり柄のワンピースの裾が揺れる。大学生くらいだろう。迷子になっていたところを送ってくれたらしい。

サエは小金丸さんに向かって、「ごめん」と頭を下げた。

今度こそ、『Ça ira』にチョコレートを買いに行こう。

一瞬でも疑ったお詫びと引っ越し祝いにプレゼントしなきゃ。

第四章「ママのためにフォンダンショコラ　三宮ヨリ子」

パパとママがケンカしている。

ヨリ子は『となりのトトロ』のDVDを見ながら「やれやれ」とつぶやいた。

もう何度見たかわからない『となりのトトロ』は、メイちゃんがお母さんのためにトウモロコシを抱えて走っていく場面だった。

セリフもほとんど覚えている。

『ダメだもん。お母さんにあげるんだもん！』

ヨリ子のお気に入りのセリフだ。

こないだママに、「メイちゃんも四歳なんだよ」と教えてもらった。自分だったら迷子になんてならないのに。でも、お母さん思いのところはヨリ子と同じだ。結末はわかっているのに、毎回「がんばれっ」と応援したくなる。

ヨリ子は記憶力がいい。ママの言ったことは絶対に忘れないし、保育園の先生が言ったことも友達との約束も、ばぁばの家から家までの道も全部覚えている。

「ヨンコはしっかりしてるね」

みんなが褒めてくれるのがうれしかった。しっかりしている、は最大の誉め言葉だと思っている。（そこに「四歳にしては」という言葉が裏にあることにヨリ子は気づいていない）だから、自分は特別な子だと信じて疑わなかった。

パパとママのケンカはまだ続いている。

ママが「ヨンコのため」と言うのに対して、パパは「ヨンコのためって言うな」と反対のことを言う。最近とくに、ケンカが多い。でも、ヨリ子は知っている。ふたりがラブラブだったことを。

それは、『となりのトトロ』と同じくらい何回も見た、結婚式のＤＶＤにあった。本人出演の馴れ初め再現ドラマだ。

ヨリ子が生まれるずっと前、ふたりは運命的に出会った。

ママはちょっとだけ運転が下手で、知らない道を走行するとパニックになりやすい。そのくせ、ナビより自分の勘を信じてしまう癖がある。道に迷ったママは、運悪く細い路地に入りこんでしまった。

しかも、雨が降っていて道はぬかるんでいた。そのとき、車輪が溝にハマって動けなくなったらしい。軽自動車が通れるかギリギリの道に普通車で突っ込んだのだ。パニックになったママは、車を降りるなり「助けてください」と叫んだ。だけど、みんなあらあらという感じで通り過ぎていくだけで手を差し伸べてくれる人はいなかった。そこへ現れたのがパパだった。泥だらけになりながら、後ろから車を押してくれたという。

ふたりはやがてお付き合いをし、結婚することになり、ヨリ子が生まれた。

前に、パパのどこを好きになったのかママに訊いたことがある。

「頼りがいがあって、かっこいいところ」と言っていた。

早く、仲直りしてほしいな。最近、ママの笑った顔を見ていない気がする。

パパとも険悪だけど、ばぁばとも不穏な感じで、ヨリ子は心配が絶えない。みんな、どうして仲良くできないんだろう。

たぶん、原因はチョコレートだ。ママはヨリ子に、チョコレートは食べたらダメだと言う。虫歯になるからだって。でも、ばぁばは「食べたいものを食べなさい」となんでも勧めてくる。ばぁばの家にはたくさんのお菓子がある。

だけど、ヨリ子はママの言いつけに従って、チョコレートだけは食べないように注意していた。頑なにチョコレートを食べないヨリ子を見て、ばぁばは困った顔をする。

そして、「かわいそう」とつぶやくのだ。

ヨリ子がかわいそう？　こんなにママに愛されているのに。

「チョコレートってね、とってもおいしいの。だからママが禁止してるのよ。ケチね」

ばぁばがママの悪口を言った。ヨリ子はまた悲しくなる。ママは、ケチと言われるのを一番嫌がる。なんでかはわからないけど。

チョコレートの味は知らない。だけど、匂いを嗅いだことはある。それがとってもおいしい食べ物であることは、あの甘ったるい匂いだけでわかった。正直、興味はある。

「虫歯になっちゃうからダメだって」

「大丈夫よ。虫歯になったら歯医者さんが治してくれるから」

「でも、すっごく痛いんでしょ。ヨンコ、痛いのやだ」

「大丈夫大丈夫。ちゃんと歯磨きすればいいのよ」

ばぁばは、全然大丈夫じゃないときも大丈夫と言う。

土曜日になると、ばぁばの家にお泊りにいくことになっている。

ママは少し寂しそうだけど、秘密のサクセンを成功させるためには仕方がない。サクセンというのは、フレンチブルドックのクロエちゃんの捜索のこと。クロエちゃんは家族とピクニックの最中に、はぐれて迷子になってしまったらしい。

クロエちゃんはなかなか見つからず、飼い主さんもすごく悲しんでいるというのを保育園の先生から聞いた。あちこちでビラが配られ、ポスターも貼られている。ヨリ子は見つけてあげたいと思った。

だけど、ママは犬が苦手だから頼めない。そこで、ばぁばにお願いすると、一緒に探そうと言ってくれた。髪の毛は真っ白だけど、体はとても元気だし、何より優しい。それこそ甘々に優しい。だから大好き。ママと仲良くしてくれたらもっと好き。

夕方、裏に住んでいる美佐（みさ）ちゃん（おばちゃんと呼ばれたくないらしい）がフォンダンショコラというケーキを持ってばぁばの家にやってきた。

「うわぁ。おいしそう」

ばぁばは、箱を開けるなりとろけるような笑顔を見せた。

「ほら、ヨンコも食べよう」

美佐ちゃんがお皿とフォークを準備して席につく。

「ヨンコは食べない」

ぷいっと横を向く。

「なんで？」

「だってこれ、チョコレートの匂いするもん」

「大丈夫大丈夫。これはただのケーキだから」

ばぁばがいつもの調子でヨリ子を騙そうとする。

「ううん。いい」

ヨリ子はきっぱりと断った。そしたら、美佐ちゃんが「もう食べなよー。おいしいんだからぁ。あーん」と言ってフォークにひとくち分載せて、ヨリ子の口の前に持ってきた。

「だから、いいってば」

ヨリ子は両手で必死に口を押さえた。そのとき、ヨリ子の肘が美佐ちゃんの手に当たって、フォークからフォンダンショコラが落ちた。中の溶けたチョコレートがべっとりとヨリ子のワンピースにかかってしまった。

「あらあら、大変」

そう言って、ばぁばは濡れた布巾でワンピースの汚れを拭く。

あーあ。どうしよう。

「ねえ、お母さん。なんでヨンコはこんなに頑固なの？」

美沙ちゃんがばぁばに訊く。

「サエさんがチョコレートは虫歯になるからって禁止してるのよ」

「はあ？　虫歯なんて歯医者行けばいいじゃん」

「私もそう言ってるんだけどね」

「結局、いい母親ぶりたいだけでしょう。ジコマンだってことに気づいてないのよ」

美佐ちゃんもばぁばも、ママのことを悪く言う。なんでだろう。ママはいつもがんばってるのに。

ヨリ子はかわいそうなんかじゃない。ママはヨリ子の髪をお姫様みたいにしてくれる。もっと伸ばしてラプンツェルみたいにするんだ。

それより、ジコマンってなんだろう？

月曜日、優くんにダメ元で訊いてみた。

「ねえねえ、優くん。ジコマンって何かわかる？」

「わかんなぁい」

やっぱりね。優くんに訊いたのがまちがいだった。ママに訊いたら早いけど、ママが言われて傷つく言葉かもしれないから、慎重に調べないとダメだ。パパは、仕事で忙しくてヨリ子にはあまりかまってくれないし。

そうだ、担任の先生に訊いてみよう。

「あのね、カナ先生」

エプロンの裾を引いた。

「どうしたの？」カナ先生はしゃがみこんで目を見開いた。キラキラのラメが睫毛にいっぱいついていてきれい。

「ジコマンって何？」

「あはは。どこでそんな言葉聞いたの？」

大人はすぐに答えをくれない。なぜそんなことを訊くのかと質問返しをする。

「ねえ、教えて。お願い」

もう一度訊ねてみた。大人は、子供のお願いに弱いことを知っている。

「ジコマンっていうのはね、自分だけが満足しているってことなの」

「ふーん」

ヨリ子は納得した。ママが満足している。ヨリ子を虫歯から守ることも、ヨリ子の髪の毛をかわいくしてくれることも満足しているってことか。全然いいじゃん、と思った。

「それって、悪口なの？」

「ああ、悪口として言うときもあるかもね」

カナ先生は、曖昧な感じで答えた。

「ふーん」

やっぱり、大人ってやれやれだなと思った。

その日のお絵描きの時間、優くんがたくさんのクレヨンを使って絵を描いていた。

「それ、なーに？」

「ママがね、ご褒美にくれるチョコレート」

「ごほうび？」

「そう。ちゃんとお片付けをしたときにくれるんだ。宝石みたいにキラキラしてるチョコレートがあるんだよ。ピカピカのきれいな箱に入ってるんだ」

〝宝石みたいにキラキラしたもの〟。その言葉にヨリ子の心は揺らいだ。ヨリ子の知っているチョコレートは、スーパーやコンビニで見かける赤とか茶の紙に包まれた板状のお菓子で、全然キラキラしていない。

「それ、どこに売ってるの？」

「さあ。ママしか知らないんだ」

「えー。なんで知らないのよ」

優くんはやっぱりおバカだ。

そんなおバカでいつもヘラヘラしている優くんに悲しいことが起こった。

ママが死んじゃった。

子供ながらにヨリ子は考えた。死んじゃったってどういうことだろうと。

ママがいなくなったということ。ママともう二度と会えないということ。ママがずっといないということが毎日続くということ。

考えれば考えるほど悲しかった。自分だったら耐えられないと思った。

優くんは、しばらく保育園をお休みした。きっと、元気が出なくて来られないんだろうと心配していたら、のっぽのパパに手を引かれてバス乗り場にやってきた。みんなが羨ましそうにのっぽのパパは、優くんを肩車してくれるとっても優しい人だった。ちょっとだけ元気がなかったうに優くんを見つめる。いつもと変わらないように見えたけど、ちょっとだけ元気がなかった。

ヨリ子は、優くんが早く元気になりますようにといつもお空にお祈りをした。そしたら、少しずつ優くんは元に戻っていった。

「おはよ」ヨリ子は笑顔で挨拶をする。

「キラキラのチョコレート屋さんの場所わかったよ」

優くんが耳元で囁（ささや）いた。

「え？　ほんとう？」

「うん。だって、昨日パパと行ってきたもん」

「どこ？」

「大きいメロンと大きいマシュマロが見えた……」

優くんの説明はまるでわからない。大きいメロンって、いったいなんのことだろう。

「もう一回言って」

「あのね、僕ん家の前の道をまーっすぐ歩いて、バスに乗って、大きいメロンがふたつ見えて、その先にたっくさんのマシュマロがあってね……」

「何それ」

だめだ。優くんの説明はあてにならない。そうだ、ばぁばに訊いてみよう。

その日の夜、パパにスマホを借りてばぁばに電話をかけた。

「あのね、大きいメロンと大きいマシュマロがある道ってわかる？」

「え？　何？　なぞなぞ？」

「ううん、そうじゃなくて、行きたいところがあるの。ママにプレゼントしたくて。でも、場所がわからないんだ」

「じゃ、ばぁばとお散歩しながら見つけようか」

「いいの？　やったー」

その日から、クロエちゃんの捜索と同時進行で、大きいメロンとマシュマロも探すことになった。自分からばぁばの家に行きたいとママに申し出た。

ママは少し悲しそうだったけど、これはママのためなんだとぐっと堪えた。

ある日のお散歩の途中、優くんとのっぽのパパに会った。

「あ、大きいケタランパタランだ！」

優くんはばぁばを指さすと嬉しそうな声を上げた。ばぁばは、何を言われているのかまったくわからず、あらまぁと笑っていた。

優くんは、ばぁばの白い頭を舐めまわすように見てケラケラ笑っていた。のっぽのパパが「すみません」と頭を下げて優くんの手を引っ張る。やっぱり、おバカだな。

「バイバイ」と言って別れた。

ちょっと待てよ、とヨリ子は立ち止まる。優くんの言う、大きいメロンと大きいマシュマロも人間のことかもしれない。もしそうなら、この散歩に意味はない。だって、人間は建物とはちがって移動するから。クロエちゃんだって、移動しているから見つからないのだ。

ヨリ子は「サクセン変更」と言って、ばぁばの家に帰ることにした。

その週の土曜日も、ヨリ子はばぁばの家に泊りに来ていた。夕方から、またクロエちゃん捜索のためにお散歩に行く予定だった。だけど、ばぁばは誰かと長電話をしていてなかなか終わらない。

テレビをぼんやり見ていると、テキトーおじさんが「母ちゃんをびっくりさせようとしたらベランダから落っこっちゃって」と、おでこの傷をさすりながら笑っていた。

つまらないので、チャンネルをEテレに変えた。

そこへ、美佐ちゃんがやってきた。ばぁばが電話している姿を確認すると、小さなため息をついてヨリ子の方にやってきた。

「あー、チョン子だぁ」

美佐ちゃんはあのフォンダンショコラ事件以来、ヨリ子をチョン子と呼んでくる。まったく、やれやれだ。

「ねえ、美佐ちゃん。キラキラしてて宝石みたいなチョコレートが売ってるお店知ってる？」

「デパートとかに行けばあると思うけど。何、ついにチョコレート食べる気になった？」

「ううん。ちがう」ぴしゃりと言い返す。「はいはい」と美佐ちゃんは何か言いたげな笑みを浮かべる。

「あのね、大きいメロンと大きいマシュマロがある道を通っていくんだって」

優くんという友達が言っていたと付け足して説明する。

「メロンとマシュマロ？」

美佐ちゃんは、顎に手を持っていき「ファンタジーでミステリーだね」と言いながら考えている。そこへ、従兄弟のキョンちゃんがやってきた。キョンちゃんは、ヨリ子の四つ年上のお兄さん。

「大きいメロンと大きいマシュマロって、なんのことかわかる？」

美佐ちゃんがキョンちゃんに訊く。しばらく考えて、キョンちゃんが「わかった、あそこだ」と掌をポンと叩いた。

「え？　どこかわかったの？」

「うん。大きいメロンっていうのはアレだよ。ほら、あそこ……」

キョンちゃんが説明し始める。

「ああ、あれか」と、美佐ちゃんがスマホの画面を見せてくれた。薄緑色の大きな球体だった。メロンに見えなくもない。だけど、ヨリ子にはそれが何かはわからなかった。

「ん？ これ、なぁに？」

「工場なのよ、ここ。たしか、この中身はガスだったと思うけど。あーそうそう。ガスタンクって書いてある」

美佐ちゃんは別の写真を見せて、「大きいメロンかぁ。なるほどね」と納得したように笑っている。

「じゃ、マシュマロは？」

はっとしたように、キョンちゃんが「田んぼの真ん中にいっぱいあるやつだ」と叫びながら、美佐ちゃんの肩をたたいた。「ほら、あれあれ」と説明している。

「なるほどなるほど。マシュマロは、たぶんこれだね」

またちがう写真を見せられた。田んぼの上に、白くて四角いものがたくさん並んでいる。

「あ、これ見たことある」

パパの車でお出かけしたときに見かけた。

「これは、干し草を入れてあるみたいだね。マシュマロかぁ。子供っておもしろいね」と美佐ちゃんが感心する。ヨリ子には、トイレットペーパーにしか見えないけど。

「どこの道かわかる？」

「えーっと、この辺で工場があるところでしょう……」

スマホで検索をかける。

「あー、たぶんファミマの先だね。近くに田んぼもあるから、マシュマロもそうだね」

美佐ちゃんが言う。

「そこは遠い？」

「そうだねぇ」

「歩いたらどれくらい？」

「うーん。三十分くらいかな」

「そっか。わかった」

「乗せていってあげたいとこだけど、今から出かけるのよ。また今度ね」

美佐ちゃんはそう言うと、キョンちゃんと一緒に帰って行った。

ばぁばの電話はまだ続いていた。

「よし、行こう」

ひとりで行ける自信があった。散歩には慣れている。ママのためにキラキラのチョコレートを買いに行くんだ。ポケットには、ばぁばからもらったお小遣いの千円がある。大丈夫大丈夫、と言い聞かせた。


――ママぁ。

一時間後、ヨリ子は道に迷って泣いていた。トトロのメイちゃんの姿が浮かぶ。大きいメロンを見つけたところまではよかったけど、その途中でクロエちゃんらしき犬を見かけたため、夢中で追いかけたところ道がわからなくなってしまった。

「どうしたの？」

後ろから、知らないお姉さんに声をかけられた。

「道に迷っちゃって」

「あら」

お姉さんの目はうさぎみたいに真っ赤だった。もしかしたら、お姉さんも泣いていたのかな。

「よし、あたしが送ってってあげる」

知らない人についていってはいけない、というママの言いつけが頭を過った。

「でも、知らない人だから……」

「そうだよね……」

お姉さんは、困った顔をする。「人のためになることをするって難しいね」とつぶやいた。

ヨリ子にはお姉さんが悪い人には見えなかった。だけど……。

「じゃあ、おうちの近くにあるお店とか建物をいくつか言ってみて」

「ええと、M公園と、A神社と、T動物病院と……」

お姉さんはスマホをいじりながら、ふんふんとうなずいた。

「じゃあさ、お姉さんの後ろをついてきてくれる？　で、家の近所だなってわかったら勝手に帰って大丈夫だから」

「わかった」

そう言ってお姉さんの少し後ろを歩くことにした。

迷子になった経緯を訊かれたので、ぽつぽつと話し始める。

「ふーん。ママのためにチョコレートかぁ」

お姉さんはため息交じりにつぶやいた。

「どうしたの？」

「あたし、チョコレート大っ嫌いなんだ」

「なんで？　すっごくおいしいんじゃないの？」

「すっごくおいしいよ。でも、嫌いなの」

「なんで？」

「うーん。色々あってさ」

そんなことを話しながら、お姉さんの後ろをついていくと、見覚えのある建物が見えてきた。ママがマンションの前で小金丸さんと話している。全然こっちに気づいていない。

「ママぁ」

大きな声で叫ぶとママがはっとしたように顔を上げた。目と鼻が真っ赤だ。

駆け寄って抱きつくと、体がつぶれてなくなってしまうのではないかと思うくらい強く抱きしめられた。

「どこに行ってたの。みんな心配したのよ」

「ごめんなさい。探しものしてたら、帰り道わからなくなっちゃって。あのお姉さんが送ってくれたんだよ」

振り返って、指をさす。

「すみません。ありがとうございました」

ママが深々とお辞儀をする。

お姉さんは、会釈すると名乗りもせずに帰ってしまった。少し寂しそうな背中に、「ありがとう」と言うと、振り返ってほほ笑んでくれた。

「よかったわね」

小金丸さんがママに向かって優しくほほ笑む。

「うん。ありがとう」

ママは、力が抜けたようにその場にへたりこんだ。

そこへ、パパが帰ってきた。はあはあと息を切らしながら。

「ヨンコ、大丈夫か？　ケガはないか？」

パパの目も真っ赤だった。

「うん」

パパがもぎゅうっとヨリ子を強く抱きしめた。

「あのね、ヨンコ、連れて行ってほしいところがあるの」

ママに聞こえないように、耳元でそっと囁く。

「チョコレート屋さんか？」

「なんで、知ってるの？」

「美佐子から聞いたんだ。ヨンコに、チョコレート屋の行き方を訊ねられたって」

「じゃ、今から連れてって」

「わかった。車取ってくるからここで待ってろ」

パパは、ヨリ子の頭をポンポンと撫でると駐車場へ向かった。

「ママ、今からお出かけしよう」

「え？　どこに？」

「じゃ、私はこれで」

小金丸さんがマンションへ入っていく。

「ねえ、どこに行くの？」

「いいから、三人でおでかけしよっ」

ママと一緒にパパの車に乗り込んだ。ママは助手席に、ヨリ子は運転席後方のチャイルドシートに。

「ねえ、どこに行くの？」

「チョコレート屋さんだよ」

パパが答える。

「なんで？」

「ヨンコは、サエにチョコレートをプレゼントしたくて実家を抜け出したらしい」

「どういうこと？　それで迷子になったの？」

ママは、運転席のパパを見つめる。

「美佐子も母ちゃんも、ヨンコのことを頑固だって言うけど、俺は意思が強くて芯があっていいと思うけどなぁ」

「え？」

ママは、目をまんまるにして驚いている。

「ヨンコ、どんなに誘惑しても、頑なにチョコレートを口にしなかったらしい」

「嘘……。だって、ワンピースに……」

「あれは、事故なんだよな？　食べてないもんな？」

「うん。だって、ママとのお約束だもん」

「ヨンコは優しいな。きっと、ママに似たんだろうな」

パパは、少しおちゃらけてママのほうをちらりと見た。

その言葉を受けて、ママはうれしそうにはにかんだ。

「ヨンコ、見てみろ」

パパは、運転しながら親指を突き立て、窓の外を指した。

「あ、おっきいメロンあった」

優くんの言った通り、大きいメロンがどーんと街中に鎮座していた。

「え？　何？」

ママが窓の外を見る。

「ほら、あれ、おっきいメロン」

「あはは」

ママが思いっきり笑ったのを久しぶりに見た気がした。

パパの顔は見えないけど、たぶん笑っていると思う。

第五章「釣り方を教えてよカカオさん　五藤美緒」

「美緒のためにも別れたほうがいいと思う」

五藤美緒は、二年半付き合った恋人の奏太に別れを告げられてしまった。昼下がりのショッピングセンターの中庭のベンチで。周りを見渡すと、親子連れが楽しそうに遊んでいる。

二月の風は皮膚を突き刺すように冷たい。さっきまでつないでいた手はいつの間にか離され、行き場を失っている。

「あたしのためって、どういうこと？」

浮気をしたのは彼のほうなのに、なんで自分がふられなきゃならないのかわからず混乱していた。さきほど、美緒は彼の浮気について「一回目だし、許してあげる」と言ったばかりだった。

それなのになぜ？

「だって、美緒って有名人じゃん？　俺とじゃ不釣り合いだろうと思って」

何を言ってるんだこいつは。有名人なんかじゃない。ちょっとテレビに出たことがあるってだけ。

「は？　論点ズレてない？　それとこれとは関係ないでしょ。なんなのこれ。意味わかんないんだけど」

「ほら、これから就活とかで忙しくなるし、美緒、海外に行きたいとか言ってたじゃん。そしたら、俺たち会えなくなるし、そうなったらきっとうまくいくものもいかなくなるだろうし。だったら、このタイミングで……」

奏太は自分の浮気のことは棚にあげ、「今が別れどきですよお客さん」と言わんばかりに熱弁をふるった。美緒はだんだん気づいていた。奏太が浮気相手に本気になってしまい、自分のことが邪魔になっているという事実に。

「わかった。じゃ、ここであたしとのやりとり全部消して。写真もＬＩＮＥも」

「え、今？」

「うん」

奏太は、「これも？」とか「これは別によくない？」と、めんどくさそうにスマホをタップする。

「いいから、全部消して」

美緒は泣きたい気持ちをおさえ、これは儀式なんだと自分に言い聞かせる。

地元の親友ナオちゃんに釘を刺されたのだ。

『男と別れるときは自分のデータを全部消させな』

さもないと大変なことになるよ、と脅すような口調で言った。ナオちゃんは、際どい写真や動画が好きで、ラブラブな様子を彼氏とよく録り合いっこしていた。別れたあと、エッチな写真を仲間内で回された経験があるらしい。

『あんた、有名人なんだから気をつけな』とも言ってたっけ。

美緒がテレビに出たのは、大学に入ってすぐのころだった。上京する女の子に密着して、住まいを一緒に探すという趣旨(しゅし)の番組に応募した。上京資金を番組から一部負担してもらえることに惹かれた。南国から出てくる訛りのきつい女の子、というのがウケたのか、当時はかなりの反響があった(家賃や治安や大学への利便性を考慮した結果、都内住みの夢は果たせなかったけれど)。

〝テレビに出ていた南国女子〟という肩書きが独り歩きし、学内でナンパされることもあった。合コンに行けば引く手あまたという感じでモテにモテた。「訛ってるのがかわいい」と、喋るだけで笑いが起こり、拍手を浴びせられる。それまで自分が訛っていることに気づきもしなかったし、それが武器になるなんて思ってもいなかった。美緒自身も調子に乗っていたと自覚している。よりどりみどりの男の子たちの中で奏太を選んだ理由は、美緒のことを一番大切にしてくれそうだと思ったから。

実際、奏太は美緒のためならどんなわがままも聞いてくれた。

だから、まさか自分がフラれるなんて思わなった。

「消しました」

奏太がスマホの画面を見せてくる。

「じゃあ、元気でね」

美緒は最後まで奏太を睨み続けた。そうでもしないと泣いてしまいそうだったから。奏太の姿が完全に見えなくなったのを確認してから、泣いた。悔しいのか悲しいのかよくわからない感情で溢れて止まらなかった。おまけに涙以上に洟が大量に垂れてきた。ハンカチもティッシュもないのに。どうしよう、と思っているとオーバーオールを着た小さな男の子が駆け寄ってきた。

「お姉ちゃん、大丈夫？」

「う、ううん」洟をすする。イエスともノーともとれる曖昧な返事だった。だって、全然大丈夫じゃないから。

「これ、あげる」

男の子は、ハンカチタオルを差し出した。

「いいの？　ありがと」

美緒はありがたく受け取り、涙を拭いた。

「ゆう、ほら、行くよ」

小柄な女性が手まねきをする。男の子の母親だろう。オーバーオールの上にダウンコートというコーディネートがよく似合っていた。親子でペアルックなんて、今の自分には遠すぎる未来だなと思いながら美緒はお辞儀をした。

「えっと、これ……」

返したほうがいいのか迷っていると、男の子が「大丈夫になった？」と訊いてきた。

「うん。あ、これどうしよ」

「お姉ちゃんにあげる」

「じゃ、代わりにこれあげる。チョコケーキ」

奏太に渡せなかった手作りのザッハトルテを成仏させたかった。

「いらない」男の子が首を振る。やっぱり、知らない人から食べ物をもらうのはダメか。

「じゃあ、これならどう？」

リュックサックにつけていたキーホルダーを外した。

「なーに？」男の子が首をかしげる。

「これね、ケサランパサランっていうの。願いを叶えてくれる妖精さん。捕まえると幸せになれるんだよ。ボクにあげる。お礼」

「いいの？」

「うん。あたしはもう一個持ってるから」

ふと、一年に二度以上見ると幸運の効果はなくなるという言い伝えを思い出した。

ありがと、と手を振って小さなハンカチ王子は去って行く。

奏太との別れをきっかけに、美緒は大学の春休みを利用して自分探しの旅へ出ることにした。いわゆる、傷心旅行というやつ。女子大生らしく、ハワイとかバリとか南国リゾートでバカンスするのが一番の癒しになることはわかっていた。だけど、とことん自分を見つめ直したいと考え、西アフリカへ行くことにした。

目指すはガーナ。奏太のために作ったザッハトルテをやけ食いしながら思った。「そうだ、ガーナへ行こう」と。ガーナといえばチョコレート。チョコレートの原料であるカカオの輸入量は約三〜五万トン。その約八割がガーナ産という。だったら、現地に行ってみよう。チョコレートの原点を見てみよう。

なぜか突然そんなふうに思った。失恋のショックを癒すにはそれぐらいの衝撃が必要だったのだ。

こつこつバイトで貯めたお金＝結婚資金（いつか結婚しようねなんて甘い言葉を信じていた）を全額使い切りたかった。

どうせならば記録を残しておこうと、旅の様子をSNSにリアルタイムで投稿することにした。ひとりで旅をするには心もとないけれど、自分が発信する言葉や写真に反応が返ってくると使命感が生まれ、やりがいも出てくるはず。心を奮い立たせるためにもいい方法だと考えた。

もちろん、傷心旅行なんて言わない。あくまでも表向きは自分探しの旅。

スタート投稿は、成田空港を出発するところから。三脚を立てて、搭乗するシーンを撮った。乗客や係員に「今どきの若者は」なんて視線を向けられているのを感じながら。

日本からガーナへの直行便はない。まず、エジプトまで行き、そこからガーナの首都アクラにあるコトカ空港へと飛ぶ。途中何度も後悔が過ったけれど無事にガーナへ上陸した。

日本人観光客は美緒ひとり。肌の色も服装も不安そうな表情も、浮きまくっていることだろう。長旅を終えてコトカ空港に着いたときはもうへとへとで、何しにここへ来たのかわからなくなっていた。

あ、そうだ。動画撮らなきゃ。

気力を振り絞って笑顔を作る。

「着きましたぁ。空港はけっこうキレイなかんじぃ」とノー天気な動画を撮ってアップした。すぐに、いいねやコメントがついて安堵する。大丈夫大丈夫、と自分に言い聞かせた。

翌日、さっそくカカオ農園へ向かった。貧乏旅行なのでスケジュールはタイトに組んである。しかも、さくっとバスや電車で移動するわけではなく、またしても飛行機。今度は国内線に乗りこむ。空港からは舗装(ほそう)されていないガタガタの道を数時間車を走らせてようやく「村」へ着いた。なんだかもう異世界に来ちゃった感がすごい。『クレイジージャーニー』のロケ地みたいだな、なんて思いながらガイドさんについていく。ボランティアで案内をしている現地ガイドさんとは、ネットを通じて知り合った。見た感じは、陽気なおっちゃんという雰囲気だ。チップと共に日本のタバコを渡すととても喜んでくれた。「アリガトウ」のイントネーションがクセになる。

美緒自身、英語は得意なほうだと思っていたが、実践となるとこれまでに勉強したことはほとんど役に立たなかった。結局、翻訳アプリを駆使して取材協力をお願いすることになった。

ガイドさんから村長らしき人を紹介され、美緒は作り笑いを浮かべて会釈する。撮影の許可をもらうために、おみやげを渡した。やっぱりお酒のほうがよかったかな、なんて思いながら。空港で買ったひよこサブレを物珍しそうにしているのが印象的だった。

事前にガイドさん経由で訪問許可は取ってあったので、スムーズに進んだ。

ここまで来たんだ、なりふり構っている暇はないとスマホのカメラを回した。ふと、背後に気配を感じた。振り返ると、村の子供たちだった。木の陰からこちらを観察するようにじーっと見ている。

撮影を続けていると、少しずつ子供たちが寄ってきた。未確認生物を発見したぞ、という感じだろうか。

「ここの農園で働いてる子たちだよ」とガイドさんが英語で言った。

「みんな、おいで」ガイドさんの声で子供たちが集まってくる。

小学校低学年くらいの子たちが大きな目玉で美緒を見上げる。美緒が笑うと、子供たちも笑った。白くて大きな前歯が印象的でかわいらしい。

ガイドさんに連れられ、農園の奥を案内してもらう。子供たちが木に登り、カカオの実を下に落とす。幼稚園くらいの小さな子供もいて、怪我をしないかと心配になる。危なっかしくて見ていられない。

「大丈夫？」つい、日本語で訊ねてしまう。

「▽&%#~＊+」

地面を指し、美緒に向かって何か言っている。「平気平気」きっとそんな感じだろう。落ちたカカオの実を割ってはしゃいでいる。初めて見るそれは、ちょっとグロテスクだったけど、子供たちは中をほじくり返して白いぶよぶよしたものを口にしていた。男の子がそれを指で摘まみ、美緒に勧めてくる。「NO」と首を振ると、きょとんとした表情でそれを口に頬張った。その姿があまりにも無邪気すぎて、思わず笑みがこぼれた。必死に生きている感じがした。

すると、そこへ女の子がやってきて、何か喋った。

「ん?」

美緒が首をかしげると、ガイドさんが「おいで」と言ってるよとジェスチャーで教えてくれた。

家の中に案内された。戸惑いながらついて行く。食事の時間が子供たちの一番の楽しみという。小麦粉を水で練ったような塊を口にしていた。決して、おいしそうには見えない。

そこで、リュックサックからチョコレートを取り出した。ガーナミルクチョコレートの小分け袋を子供たちに配る。

高校の授業で習ったことがある。カカオ農園で働く子供たちの抱える深刻な問題について。彼らは子供のうちから貴重な労働力として働かされている。学校に通うこともできず、十分な賃金をもらうこともできない。人身売買などの問題も抱えているとも。

——カカオ農園で働く子供たちはチョコレートの味を知らない。

あれは本当なのか。確かめてみたくなった。いや、純粋に知ってほしかった。「君たちが採ったカカオの実は、こんなにおいしいチョコレートになるんだよ」と。

子供たちは異国のお菓子を珍しそうに見つめ、口に含んだ。みるみると表情が変わる子供たち。目をかぁっと見開いて、ふわりと笑顔を漏らす。

美緒はスマホのカメラで撮影しながら思った。

「チョコレートは人を幸せにする」

動画と文字をSNSにアップすると、あっという間にいいねがつく。なんだか、とてもいいことをしているような優越感を覚えた。子供たちの笑顔を見て、美緒は満足した気持ちで傷心旅行を終えた。

春が来て、大学四年生になった。奏太への思いをリセットし、就職活動に没頭した。やや出遅れた感はある。アッシュグレーに染めていた髪を慌てて真っ黒に染めなおした。まるで、頭から墨汁を被ったみたいな色だなと鏡の中の自分を見て笑った。ピアスの穴をふさぎ、カラコンをノーマルコンタクトに変えた。

ついにこのときが来てしまった、とみんなが毎日のようにため息をつく。キャンパスは二酸化炭素で溢れかえる。有り余る時間をどう使えば有意義だろうなんて考えていた大学一年生のころに戻りたい。大学の四年なんてあっという間だ。

正直、舐めていた。なんとかなるだろうと高を括(くく)っていた。しかし、就職活動の現状は、予想以上に過酷だった。まず、エントリーシートを送っても通らない。さすがにここはいけるだろうと思っていた会社さえも通らない。学歴フィルターは本当にあるんだなと痛感する。その後、圧迫面接に耐え、ようやく二次を突破したかと思ったらお祈りメールが届き、人格を全否定されるような感覚に陥りながら毎日を送る。

有名企業に就職が決まった先輩から「自分の武器になるものが必要」と言われたのを思い出した。先輩は、中学の頃から生徒会長をつとめていたことが役に立ったと語っていたけど、美緒は心の中で「この人の最大の武器は顔だろうな」と思った。就活において、いや、生きていくうえで容姿端麗であることは有利だ。羨ましいと思いつつ、自分の武器がそこにないことはわかっていた。

――私の武器って、なんだろう?

南国訛りがかわいいともてはやされたのは過去の話。そんなもの、なんの武器にもならない。三年も東京の学校に通っていたら、自然と方言は薄れていく。

エントリーシートを書くためのエントリーとか、企業説明会の予約とか、とにかくめんどうなことの連続で、心はどんどん疲弊していく。内定、という二文字を獲得するまでの道のりは長い。

流れに逆らってはいけないと自分を奮い立たせ、スケジュール帳に書き込んでいく。

果てしないと思った。努力だけではどうにもならない。

この戦を制するには手段を選んではいられない、とまでに追い込まれていた。

早々に内定を勝ち取った同級生は言う。

「就活に必要なのは準備だよ」と。彼らは大学に入学したと同時に就活を視野に入れた生活をしてきたという。ボランティア活動、留学、バイト、インターン、資格取得。全て就活で利用するための手段だったという。なんとなく入った大学でなんとなく知り合った人となんとなくサークルに入りなんとなく日々を過ごしなんとなく流れにまかせて就職活動をはじめるようではダメなのだ。

そんなこと今さら気づいても、時間はもう戻せない。

準備を怠った自分が今からできることはなんだろう。

企業へのアピール手段のひとつとして考えたのがSNSだった。誰でもやっていること。誰でもやっているからこそ、その斜め上を行かなければと考えた。

とある有名人が被災地に多額の寄付金を送ったという記事を思い出す。

『やらない善意よりやる偽善』

一時期、そんな言葉がネット上に飛びかった。

確か、テキトーおじさんの愛称でテレビや雑誌に引っ張りだこになっている人。

美緒の記憶が正しければ、初めて渋谷に遊びに行ったときに会ったことがある。路上で声をかけられたのだ。「好きな言葉はなんですか？」と訊かれたので、「特にないから、そちらで考えてください」と答えた気がする。あのとき書いてもらった言葉は【いつでも心にワイパーを】だった。途中で筆が折れてしまったときのおじさんの焦った顔を思い出す。

彼の肩書はいったいなんだったろう。詩人だったか書道家だったか忘れたが、本の印税を寄付にあてたらしい。「私が欲しいのは名声でもお金でもありません」と言っていた。美緒は、そのおじさんの顔を見ながら、この人はいったいなんのために生きているんだろうと疑問が湧いた。そしたら、「みんなの笑顔が見たいから」と意気揚々と答えていた。

本心かどうかはわからないけど、テキトーおじさんの行動を見て賢いなと思った。メディアに取り上げられることでおじさんの知名度は上がる。そうすると、また本が売れる。実は、いい人アピールはおじさんの演出で、本当は金と名声のためにやっているんだとしたら大成功である。

そして閃(ひらめ)いた。自分もできるかもしれない、と。

傷心旅行のガーナで出会った子供たちの笑顔が浮かぶ。カカオ農園で働く子供たちにチョコレートを食べさせたときの感動を思い出していた。

誰かのためにできること。

そうだ、発展途上国の子供たちのために支援をしよう。

ボランティア活動だ。自分は行動力のある人間だということを企業へアピールしよう。

美緒はさっそく、フォロワーに呼び掛けた。「ガーナの子供たちに生活用品を送ってあげよう」。洋服や生理用品など、アフリカの子供たちは買うことができないはずだ。

できることからやろう。少しでもいい。自分の着なくなった服や使わない文房具を少しずつ寄付してあげたらいいのではないか。

まずは、このプロジェクトを一緒にやってくれる仲間を募ろう。

思い立ったらすぐ行動、それが美緒のポリシーである。

SNSで呼びかけると、一週間もしないうちに数人から手伝いたいというDMをもらった。ボランティア活動のアイデアを送ってくれる人もいた。

まず、荷物を送ってもらう場所が必要だと指摘された。そこで、トランクルームだったら安く済むだろうと考えた。集めたものを仕分けし、現地へ送る。輸送費は、募金制にしよう。仕事や居住地の都合で、手伝いたいけれど手伝えないという人がいるだろうと考えた。

美緒のSNSは、徐々にフォロワーが増え、アカウント名も『ボランティア女子大生みお』に変えた。活動を詳細に記したブログを開設したり、TikTokやYouTubeなどもフル活用した。

このままいけば、話題になることはまちがいなし。

脳内で再生される未来は明るかった。

『あなたが学生時代に夢中になったものはなんですか？』

『ボランティア活動です』

面接で、そう答える快活な自分がいた。

きっとうまくいく、そう思っていた。

数日後、状況は一変した。

スマホのバッテリーが持たない、と心配になるほど通知音が鳴り続ける。これは、もしかするとバズっているのではないか。そんな期待を胸にアプリを開いた。

しかし想定外の事態が起きていて唖然となる。思わず、手からスマホを落としそうになった。

「ウソ……」

想像とまったくちがう反応に落胆した。

自分に向けられた悪意むきだしのコメントや、これまでの言動を揶揄するコメントで溢れていた。

『偽善者』『ジコマン』『ひとりよがり』『勘違い女』……。

なんで？　美緒は何が起こったかわからなかった。呼吸を整える間もなく、原因を探っていく。

『これは、迷惑行為になります』と引用リポストされたものが目に留まった。

美緒が呼びかけたプロジェクトに対して、物申す人物。

アカウント名はＣＡＣＡＯ。

ＣＡＣＡＯの投稿を見てみると、フリーの国際活動をしている男性だった。彼の発言に反応を示した人たちが美緒を攻撃している。

これが炎上ってやつか、と判断できるほどには冷静だった。しかし、原因を突き止めたところでどうなるものでもない。

震える指でタップする。どうしよう。どうすれば鎮火するのか皆目わからない。とにかく最初の投稿を消さなきゃ。

すると今度は、〝カカオ農園の子供たちにチョコレートを食べさせてみた〟という過去の投稿を引用して揶揄してくる人たちが出てきた。

『これ、一番やっちゃダメなやつ』『上から目線な態度がむかつく』『何様のつもり？』

今まで美緒の投稿にまったく絡んだことのない人たちが一気に攻撃してくる。悪意に転じた正義感はもう誰にも止められない。

ブロックブロックブロックブロック……。

これでひとまず大丈夫かと思ったら、今度はＬＩＮＥのメッセージが一斉に送られてくる。心配した友人からだったが返信はしなかった。

そこへ、着信が鳴った。奏太からだ。

心配してかけてきてくれたのだろう。でも、どうして？

「もしもし」

声が震えてる、と思ったら体全体が震えていた。

「あー、よかった」安堵する奏太の声は優しかった。

「なんで？　あたしの連絡先消したんじゃなかったの？」

「友達に聞いた。それより、大丈夫か？」

「う、ううん」

「あー、それは大丈夫じゃないときのやつだな」

今さら優しくするなよ。おまえにフラれなかったら、ガーナなんかに行くことなかったのに。おまえにフラれなかったら、あんな動画投稿することもなかったのに……。と、奏太を責めることで自分をどうにか正当化しようと思ったけど、そんな気力は残っていなかった。

「今から、そっち行こうか？」

奏太が優しく言う。急に涙が溢れた。もうどうしていいかわからない。

元彼でもなんでもいいから助けてほしい。今この状況をどうにかしてほしい。

「うん。来て」

「で、今どこ？」

え？　ここはどこだっけと辺りを見回す。ふらふらと町を彷徨（さまよ）っていたことに気づいた。

そのとき、目の前で泣いている女の子を見かけた。四、五歳くらいだろうか。

「ママぁ。うぇーん」ひっくひっくとしゃくりあげながら泣いている。

「ごめん、奏太。あたし、助けなきゃ」

咄嗟にそう思った。

電話を切ると、涙を拭いて声をかけた。警戒しつつも、美緒の話をちゃんと聞いてくれた。意外と落ち着いて話のできる子で、しっかりしているなと感心した。

女の子は、チョコレートを買いに行く途中で迷子になったらしい。

「チョコレートかぁ」と思わず空を仰いだ。

女の子を家まで送り届けると、美緒の気持ちも少しだけ落ち着いた。

もう一度奏太の声が聴きたいと思ったが、バッテリーが切れていてできなかった。諦めて家に帰ると、ベッドに倒れこんだ。そのまま、死んだように眠った。こういうときは寝るのが一番。起きてから考えよう。なんだか、ひどく疲れていた。


どれぐらい眠っただろう。目が覚めたとき、目の前に奏太とナオちゃんがいた。

「どうしたの？　なんでふたりがここにいるの？」

「だって、何回電話してもでないから！」

ふたりは声を揃えて言う。息がぴったりだ。面識はないはずなのに。

どうやら、連絡の取れなくなった美緒を心配して、家まで来てくれたらしい。ナオちゃんが玄関前で「みぉ〜みぉ〜」と猫みたいな声で叫んでいたところに奏太がやって来たらしい。

「え？　でもどうやって入ってきたの？」

「前に、合鍵くれたじゃん」奏太が答える。

「失くしたって言ってなかったっけ……」

「必死に探したんだよ」

それから、ふたりの壮絶な二日間の話を聞かされた。

美緒は、丸二日も眠り続けていたらしい。

ほっとするふたりの顔を見ながら、すべて夢だったらいいのになと思った。


炎上から一ヶ月後。

気づいたら、夏が終わろうとしていた。就職先はまだ見つかっていない。

顔面を武器に就活戦争を勝ち抜いた先輩から電話がかかってきた。

「美緒に会いたいって人がいる」

テレビに出た後もよくこんなことを言われたな、と思った。状況はまるでちがうけれど。

「それは、ナニモクですか？」恐る恐る訊いた。

「あんたを救いたいって人」

あやしい宗教の勧誘じゃなければ、と冗談を言えるほどの元気はなかった。本当は誰にも会いたくなかったけど、先輩が「きっと、助けてくれるから」と強く言うので、しぶしぶ了承した。

あれから、SNSを一切開いていない。開いたらスマホが爆発してしまうんじゃないかという妄想にとらわれている。学内は、意外と静かなものだった。後ろ指をさされることも、仲間外れにされることもなかった。だけど、自分から今までみたいに話しかけることはできなくなっていた。

人が怖い、という意識だけはなかなか抜けない。

待ち合わせに指定されたのは、駅中にあるカフェだった。

改札の前で、揉めている高校生カップルに視線が行く。「なんでそんな怒ってんの？」とか「俺がぶん殴ってやる」と漲るエネルギーをまき散らしていた。

今の美緒にとって、恋愛は贅沢な娯楽だった。

カフェで待っていると、ボーダーのシャツを着た男の人が声をかけてきた。二十代後半か三十代前半といったところ。ラガーマンを思わせる肩幅の広さと胸板の厚さが印象的だった。

「こんにちは。あなたが〝ボランティア女子大生みお〟さんですか？」

ラガーマンの彼は、戸惑う美緒に深々と頭を下げてきた。

「その節は、申し訳ありませんでした」

なんのことかぽかんとしていると、ラガーマンの彼は続ける。

「ＣＡＣＡＯと言います」

「え……」

思わず、体が凍り付いた。

「連絡を取りたくてＤＭを送ったのですが、反応がなくて……。色々と調べてみるとあなたの個人情報がネットに色々載ってまして。どれが本当でどれが嘘なのかわからなかったんですけど、その中に大学名がありました」

美緒は、思わず「ああ」と項垂れる。浮かれてテレビなんかに出たばっかりにこんなことになったんだなと自分の行いを呪った。

「知人の伝手でようやく、あなたに辿り着くことができました」

「はあ。それで、わざわざ謝罪を？」

「それもあります。だけど、まずあなたに伝えないといけないことがあると思って」

「なんですか？」

お説教でもされるのだろうかと身構えた。

「あなたがやろうとしたことはまちがっているけど、あなたがやろうとした気持ちはまちがっていません」「はあ」

間抜けな返事をしてしまった。

「僕も大学時代からボランティア活動をやっているんです。海外で様々な活動をこれまでしてきました。もちろん、ひとりではできません。色んな人に力や知恵を借りて続けています。あなたがやろうとした行為と最初の気持ちは同じです」

自分は、就活に有利だろうと考えたことが最初なんだけどな、とは言えなかった。

「『魚を与えるのではなく魚の釣り方を教えよ』って聞いたことありませんか？」

「さあ」

「お腹が空いている人を見つけたら、魚を差し出してあげるんじゃなくて、魚の釣り方を教えないとダメってことです。つまり、現状を短絡的に改善するだけではなくて、長期的な視点を持って根本的な改善をしなければならないってことです」

ああ、なるほど。ようやく彼の言っていることが理解できた。

「でも、どうすればいいんですか？」

「僕は、発展途上国で女性用ナプキンの作り方を教える活動をしています。先進国から輸入することはできます。だけど、輸送コストなどの問題もあるし、何よりこちらからなんでもかんでも与えてばかりじゃ、いつまで経っても発展途上国は発展しないままです。答えではなく、知恵を与えたほうが親切だと思いませんか？」

「たしかに、そうですね」

「フェアトレードって、わかりますか？」

「すみません。勉強不足で」

「発展途上国で作られた物を適正な価格で継続的に購入することにより、立場の弱い発展途上国の生産者や労働者の生活改善と自立を目指す〝貿易のしくみ〟のことです」

「はあ」なんとなく理解できたが、具体的にどうすればいいかはわからなかった。

「簡単に言うと、輸入する国同士がウィンウィンの関係にならなければいけないってことです。それが、日本はまだまだうまくいっていません。いろんな課題がありまして……」

美緒は、ＣＡＣＡＯさんの熱弁を聞きながら、自分の愚かさや無知を反省した。

「もし、あなたさえよければ、僕のプロジェクトに参加してくれませんか？」

彼がパンフレットを差し出す。チョコレートの写真が一面に載っていた。

「これは僕がやっている会社です。ガーナで、カカオ農園を営んでいます。そこで今、たくさんの現地の人に働いてもらっています。カカオ生産には、貧困、児童労働、森林伐採など深刻な問題がつきまといます。すべてを変えることはできないかもしれない。だけど、誰かがやらなければ何も変わらない——」

彼は、自分がこれからやろうとしているビジョンを身振り手振りで説明する。

「熱意を持って仕事をしてくれる人を探していたんです」

彼は言う。あなたなら、と。

数日後。彼に連れられて小さなチョコレートショップにやってきた。

「チョコレートってどうやって作られるか知ってますか？」

「カカオ豆を発酵して乾燥して……。ものすごく、手間がかかるって聞きました。ガーナで出会った子供たちは、初めて食べるチョコレートに感動していました。あの子たちは知らないんですよね。自分たちがやっていることを。その先に何があるのかを」

「そのとき、かわいそうだと思いましたか？」

「え……はい」

美緒が正直に答えると、彼は優しく「ちがうんですよ」と言って、店の中に入って行く。

そのあとを追う。頬にひんやりと冷たい風を感じた。

「いらっしゃい」

品のある老女が優しくほほ笑む。ここの店主らしい。

「じゃ、お願いしてたものを」彼が店主に何かを頼んだ。

「実は、カカオの果肉がおいしいってこと、日本人は意外と知らないんですよね」

彼の顔を見上げながら、美緒は「ふーん」と相槌をうった。

しばらくすると、白いドリンクが差し出された。

「どうぞ」

ストローに口をつけると、爽やかな果実のサワーだった。微炭酸がしゅわしゅわと喉を刺激する。ライチやりんごのような甘酸っぱくてフルーティな味がした。

「すっごくおいしい。これはなんですか?」

「カカオの果実からとったジュースです」

「え? あのカカオですか?」

美緒の知っているチョコレートとはまるでちがう味だった。

「そうです。カカオ豆の周りは、白いパルプに包まれています。そのパルプの部分は、こんなに甘いんですよ」

ガーナの子供たちの顔が浮かんだ。

「彼らは、チョコレートのおいしさを知らなくても、カカオの果実がおいしいことを知っています。僕たち日本人とは逆なんです」

彼は、優しく包み込むような笑顔で言う。

「あの、ＣＡＣＡＯさん。一緒に働かせてください」

「よろしく、美緒さん」

これから、ウィンウィンの関係になれるように美緒はがむしゃらに働こうと決めた。

第六章「星空に輝くココナッツプラリネ　皆月六郎」

九月一日。二学期のはじめ。好きな人が髪を切った。

ワンレングスに、腰まである艶やかな黒髪が彼女のトレードマークだったのに。

他の女子たちよりも大人っぽい彼女は、皆月六郎の初恋の人だ。彼女の名前は星空と書いて「セイラ」と読む。だけど、物心ついたころから「セーラ」と呼んでいる。そう、ふたりは幼馴染。彼女のことはなんでも知っていると思っていた。なんでもわかっているつもりだった。

それなのに、どうして？

なぜセーラは、突然髪を切ったのだろう？

「髪切るのに、いちいちロクちゃんの許可が必要なわけ？」

セーラは六郎の気持ちにはお構いなしで、開き直ったような態度で言う。

通常運転。セーラは昔からこうだ。六郎に対しては特に強気。だけどそれがいい。しおらしさなんてセーラには似合わない。

「俺が黒髪ロング好きって知ってるよな？」

「何？　そんなことで、あたしのこと嫌いになったの？」

「いや、そんなわけないじゃん。好……」

急に恥ずかしくなる。ふたりは、まだ恋人同士ではない。

そう、まだ。正式な手順を踏んでいないのだ。告白のタイミングがわからないまま、高校三年生になってしまった。いつまでもこんな状態でいいはずがないことはわかっている。六郎の気持ちは完全にセーラにバレているし、セーラだってきっと……。確かめたことはないけれど。

「じゃあいいじゃん」

セーラは、ずんずんと前を行く。

「何か、あったのか？」

セーラは、初めて会った幼稚園のときからワンレン黒髪ロングだった。ちょっと広めのおでこを気にしていたけれど、六郎はそれがかわいいと思っていた。

ボブというのかおかっぱというのか肩につかない程度の長さで、前髪は眉辺りで切り揃えてある。全体的に軽やかなスタイルで、似合ってないわけではないけれど、違和感のほうが強い。実はこれ、ウィッグでしたぁ～ってってれ～と言われたほうがまだ納得がいく。

「ロクちゃんだって、先週髪切ったばっかじゃん。なんかあったの？」

「それは、単に髪伸びたから揃えただけだよ」

「ほら、理由なんかないじゃん」

セーラは、はぐらかすようにして正門を抜けて行ってしまった。六郎は慌ててその後を追いかけたが、すでに女子の群れの中にいるセーラに声をかけることはできなかった。

先月行われた、夏祭りの帰り際、セーラに訊かれたのだ。

「石原さとみと上野樹里、どっちが好き？」

たぶん、石原さとみと答えたはずだ。正直、芸能人なんて興味がない。どっちでもよかった。たまたま、その日の昼にすき家のカレーを食べたからそう答えただけだった。

髪を切った理由は、そのことが原因なのだろうか。セーラの性格からして、六郎の好みに合わせにいくようなタイプではない。あの質問の意図はなんだったんだろう？

セーラの異変は髪型だけじゃない。行動もちょっと怪しい。八月に入った辺りからだろうか。

「あたし、大学受験しようと思う」

「冗談だろ？」

「本気だよ。今年無理だったら、浪人も覚悟してる」

「はぁ？　テキトーに就職するんじゃなかったのかよ」

「ううん。大学に行く」

「今からじゃ間に合わねぇよ」

「だから、ごめん。ロクちゃんと遊んでる余裕ない」

突然の猛勉強に唖然とした。置いてきぼりをくらったみたいで寂しかった。

ふたりの通う高校は毎年定員割れで、名前さえ書けば誰でも受かるような底辺校である。

大学に進学するやつなんてほとんどいない。

セーラは変わってしまった。

夏が彼女を変えてしまった。

いったい、何があったというのだ？

放課後、セーラの後をつけてみた。人生初の尾行はワクワクというよりドキドキした。

電車に揺られて約三十分。乗り換えの際に一度見失いかけたが、なんとか目的地までついて行くことができた。駅から十五分ほど歩くと、セーラはしなびた図書館へ入っていく。

なんでこんな小さな図書館へわざわざやって来たのかわからなかった。本が読みたいなら学校内にも家の近所にも大きな施設があるだろうに。

カウンターにいる女性と何やら会話している。本を返しに来たわけではなさそうだから、閉館時間でも訊ねているのだろうか。

セーラは約二時間ほど勉強をすると席を立ち、駅のほうへ向かった。スマホを片手に歩き出す。来た道とはちがう、細い路地に入っていく。セーラは方向オンチのくせに、好奇心が強いからよく道に迷う。大丈夫かな、と心配しながら後をつけた。ときおり立ち止まり、何かを探すような仕草をした。右を見ても左を見ても似たようなマンションが建つベッドタウンで、不安そうに歩いていく。

一瞬、とあるマンションの前で立ち止まり、また歩き出した。

しばらくすると、歩みを緩めてふと視線を上げた。派手なビルが聳（そび）え立っている。視線の先を追うと、非常階段の踊り場に中年女性と二十歳くらいの若い男性が向かい合って立っていた。女性が取り乱すように泣いていて、男性がそれをなだめているような不思議な光景だった。ビルの横には、「好きを仕事に」という専門学校のでかい看板がある。先生と生徒なのだろうか。

セーラも不思議そうにふたりを見つめている。女性は小さな紙袋を下げていて、まるで、バレンタインのチョコレートを渡そうとしてフラれた歳の差カップルみたいだなと思った。

目の前の信号が変わったので、セーラは歩き出す。六郎はそれを追いかけた。

セーラが電車に乗るのを確認して六郎も乗り込んだ。どうやら、気づかれてなさそうだ。ほっと胸を撫でおろす。電車内に吊るされた週刊誌の見出しには『テキトーTシャツ爆売れ』という文字が躍る。

「よぉ、セーラ」

地元の駅に着いたところで、偶然を装って声をかけた。

「ロクちゃん、あたしのあとつけてたのバレバレだよ」

「え、マジで……。いや、だって、おまえのことが心配だから」

「ロクちゃんに心配されるようなことは何もないけど」

「だっておまえ、急に猛勉強するわ髪は切るわで、わけわかんねーって」

六郎が顔を歪めると、セーラはまたかと言わんばかりにため息をついた。

「あたしは、あたしの人生について今一番悩んでるんだよ」

「悩んでるなら、相談してくれよ」

「ううん。これはね、自分で決めることなのよ」

「そんな寂しいこと言うなよ」

「なんかさ、勉強して思ったんだけど、受験って果てしないよね。勉強がこんなにしんどいって思わなかった」

そりゃそうだろう。幼少期から勉強とは無縁の人生を送ってきたのだから。六郎の両親もセーラの両親も成績のことには無関心で、どんなにテストの結果が悪くても叱られたことは一度もない。

六郎の家は、祖父の代から酒屋を営んでいて、自動的に六郎は父親の後を継ぐと言われて育った。いい大学なんて行かなくても、就職先は生まれた時点で決まっていた。六郎のなかでは、セーラと結婚さえすれば自分の人生は上出来だと思っていた。バカみたいと言われるかもしれないけど、幼稚園のころからこの夢は変わっていない。

「そんな思いつめて勉強なんかしなくていいんだぞ。大事な青春を勉強なんかで無駄にするなよ」

「ロクちゃん、あたしたち今まで〝適当〟に生きてきたけどさ、意味をはきちがえてたんだよ」

「はぁ？」

六郎には、セーラが言わんとすることがまったくわからない。

「適当というのは、その人にとってちょうどいいっていう意味なのよ。ちゃらんぽらんでいいかげんに生きてくってことじゃないって気づいたの」

「いや、テキトーはテキトーだろうよ」

六郎の言葉に、セーラが呆れたようにため息をつく。

「なんか、ちょっと疲れちゃった」

セーラが駅のベンチで項垂れる。その瞬間、鞄から参考書がいくつか落ちた。あっと思ったときには遅かった。

おでこに傷のあるおじさんが、セーラと六郎の間に入って、本を拾い上げたのだ。

「おや？」とおじさんが眉をひそめる。

おじさんの手には、『明日死にたくなったら』という不吉なタイトルの本が握られていた。帯には「その方法では楽に死ねない〜」なんてさらに恐ろしい言葉が書かれている。

どう見ても参考書じゃない。セーラは、なんでこんな本を持っているのだろう。さっきの図書館で借りたのかと思ったが、図書館本を示す判やシールはなかった。これをわざわざ購入して読んでいるということか？　怒りがこみあげてきた。

「なんなんだよっ、この本」

「ロクちゃんには関係ないでしょ」

冷たく吐き捨て、おじさんから本を奪い取ると鞄へ入れた。

「お嬢さん、ちょっと隣いいかな？」

おじさんはセーラの横に座ると、人懐っこい笑顔を向ける。鞄から、小紋が刺繍された手帳のようなものを取り出し、筆ペンで何かを書き始めた。さらさらと流れるような早業でペンを走らせると、「よし」とうなずいて紙をちぎった。

「はい。これをどうぞ」セーラに手渡す。

六郎は、何が書いてあるのか確かめるために身を乗り出した。

【イキイキと、生意気に生きる】

「え？」

セーラは、書かれた文字とおじさんを交互に見て首をかしげる。

「生意気というのは、無礼な人という意味じゃないよ。自信家で大胆不敵な人という意味だよ。誰だって迷うよね。こっちでいいのかなって。でもね、自分を信じてみるのもなかなかいいよ。生意気でいいんだよ。若いんだから、それくらいで良き良き。じゃ、僕はこれで」

おじさんは一気に捲し立てると、ホームを去っていく。

「なんだよ、あの人」六郎はあっけにとられてしまった。

「うっそ、やっと会えた」

セーラが紙を握りしめて、歓喜の声を上げた。

「誰？」

「今話題のテキトーおじさんだよ。ほら、前に竹下通りでインタビュー受けたじゃん」

「あー。なんとなく思い出した」

「そうそう。あの人だよあの人」

セーラはすっくと立ちあがり、もらった紙をお財布に仕舞った。お腹すいたぁと声をはずませながら改札を出て行く。六郎は話題のおじさんなんかより、さっきの不吉なタイトルの本のほうが気になってスマホで検索した。自死の方法がたくさん載っている本だとわかった。もう何十年も前に発売された本で、当時はかなりの反響があったらしい。今現在、店頭販売している本屋も少ないだろう。たまたま見つけて衝動的に買ってしまったのだろうか。

セーラの横顔を見つめる。美しくて儚くて愛おしい。少し跳ねた毛先が歩くたびに揺れて、シャープな顎をより一層際立たせていた。

まさか、自殺願望があったなんて……。いや、気にしすぎだ。そんなものは、多かれ少なかれ誰にだってある。セーラだって、一時の気の迷いだ。でも、最近の行動の異変はどう説明する？　そこまで追い詰められるほど勉強しているのか。今まで勉強してこなかった人間が突然勉強を始めたんだ。受験ノイローゼでも発症してしまったのかもしれない。

「俺がなんとかしないと」

六郎はセーラを助けてあげなければいけないという使命感に駆られていた。

「セーラ、そんなに自分を追い詰めなくてもいいんだぞ」

「何言ってんの？　あたしには時間がないのよ」

セーラが苦笑する顔を見て、六郎は絶句した。時間がないってどういうことだ？　自死へのカウントダウンがもう始まっているというのか？

まさか。いや、そんなはずないと首を振る。

「セーラ、どこにも行くなよ」

「はあ？　今から家に帰るんだけど」

「だよな」ははは、乾いた声で笑ってごまかす。

どうにかして止めないと。セーラの気持ちを生きるほうに向かわせなければ。

「息抜きに、今度どっか行かないか？」

「そんな余裕ないってば」

「余裕ないってどういう意味だ？」

「ロクちゃんさっきから変だよ。どうしたの？　挙動不審だよ」

セーラがキモイキモイと苦い顔をする。

まだ、冗談を飛ばすくらいには元気なんだなと安堵した。

「あ、そうだ。ロクちゃん」

セーラが少し思案するような表情でつぶやいた。

「ん？　どうした？」

「来週の日曜日、ヒマ?」

「うん」

たとえ暇じゃなくても、セーラのためならいくらでも時間を作る。

「ついて来てほしいところがあるの」

「どこ?」

「ここなんだけど」

グーグルマップを見せられた。さっき、立ち寄ったベッドタウンの辺りだ。

「ん?」と顔を顰めると、「ここ」とマンションが並んでいる写真を見せられた。

「誰の家?」

「んー。それはまだ言えない。確かめたいことがあるの」

「何しに行くんだよ」

「ちょっとね。さっきのおじさんも、生意気に生きろって言ってくれたしね」

「全然、意味わかんないんだけど」

「いいから、お願い。何も言わずについて来て」

「わ、わかった」

ふーっと大きなため息をついた。とりあえず、今度の日曜日までは大丈夫だ。セーラが追い詰められて自死しようなんてバカな考えを起こさないように、毎日監視しておかなければならない。

「よぉ。ろくでなしのロクちゃん」

クラスメイトの依田がからかうように言ってきた。

「邪魔するなよ」

六郎は双眼鏡でセーラの姿を追う。奇数組のセーラと偶数組の六郎の体育の授業は別々だ。六郎たちのクラスは、現在美術の時間で石膏像のデッサンをしている。進学校とちがって緩い校風のため、副教科はほぼ自習時間と化していた。

「おまえさ、セーラちゃんのストーカーかよ」

「俺は、幼馴染としての使命でやってるんだ」

「ふーん。おまえさ、まだ何もしてないわけ？」

依田はしつこくからんでくる。

「うるせぇな。そんなこと言ってる場合じゃないんだよ。ピンチもピンチ大ピンチなんだよ」

「ん？　何？　セーラちゃんに男ができたとか？」

見当ちがいなことを言ってくる。

「いや、待てよ……」その可能性をまったく考えていなかった。

「あれあれあれ？　何か事件の匂いがするなあ。ほら、俺が話聞いてやるから」

依田は、無駄に好奇心が強い。将来の夢は工藤新一みたいな探偵になることらしい。うちの学校は、バカばかりでほんとうにめでたい。

「セーラが突然髪を切ったんだ」

「そんなの見ればわかる」

「それだけじゃない。突然大学に行くと言い出した。勉強で忙しいからと休みの日はほとんど連絡が取れない。登下校中も参考書とにらめっこで、俺の話なんて聞いてくれない。放課後の奇行も気になるし、それに不吉な本も読んでいる。おまえだったら、これをどう推理する？」

「ふむふむふむ」

依田は、L字にした指を顎につけ、探偵気取りでうなずく。

「やっぱ、男だな。それも、かなり年上の男だ」

「なんでそう思う？」

「女子ってのは男で変わるんだよ。セーラちゃんの突然の変化は今までのテリトリーにいなかったタイプの男なんだよ。つまり、俺たちみたいなガキじゃなくて大人の男と付き合いだしたんだな。まちがいない」

「かなりの年上って、まさか……」

依田が六郎の目をじっと見て、肯定するようにうなずいた。

「不倫」ふたりの声が重なった。

「いやいやいやいや、ないって。それはないよ。セーラに限ってそれはない」

「わかんないよ。ひと夏の経験で女は変わっちゃうからね」

童貞のくせに依田はわかったような口ぶりだ。でも、依田の推理は侮(あなど)れない。

「あっ！」

六郎はあることを思い出した。突然叫んだせいで、クラス中の視線を浴びてしまう。

「どうしたんだよ」依田が小声で訊いてくる。

「もしかしたら、セーラは男の家に乗り込む気かも。今度、ついて来てって頼まれたんだよ。誰の家かわかんないけどマンションの写真と地図見せられてさ。確かめたいことがあるからって言ってた」

「うわぁ。それ絶対やばいやつじゃん」

「やっぱり、そう思う？」

「うん。おまえ、修羅場に同行させられんだぁ」

「ええっ。修羅場ってなんだよぉ。怖いこと言うなって」

「奥さんと対決しに行くんだよ。まあ、おまえは何かあったときのための用心棒ってとこだろうな」

「はぁ？　なんかあったときって、そんなドラマみたいなこと……」

「ご愁傷様(しゅうしょうさま)。幼馴染も大変だね」

依田は、合唱ポーズとアーメンの仕草を交互に見せつけながら去って行った。憎たらしい依田の顔を睨みながら、六郎は頭の中を整理していく。

セーラは、年上の彼氏とやらに大学に行くことを勧められたり、髪を切るように勧められたのだろう。だけど、夢中になればなるほどセーラは追い詰められていった。相手が結婚しているなんて、最初は聞かされていなかった。何かのタイミングで自分が不倫していることに気づき、家に乗り込むことを決意した。

ああ、それであの不吉な本に行きつくのかと合点がいく。

来週の日曜日、セーラは決着をつけに行くつもりなのだ。ひとりでは不安だから六郎に同行を頼んだのだろう。

修羅場になる可能性を考えての決断。もし、納得いく答えが出なかった場合、あの本に載っている自死の方法を使って命を絶つ気かもしれない。

めちゃくちゃな推理だが、六郎の中では辻褄（つじつま）があってしまった。

止めなければいけない。何がなんでも阻止しよう。血を見る前になんとかしないと。

決戦の日曜日。真っ黒いワンピースを着たセーラが家から出てくる。顔が若干緊張しているように見えた。

「ロクちゃん、その恰好で行くの？」

セーラは、六郎の爪先から頭のてっぺんまで見上げると口を尖らせて首をかしげた。白Tにジーンズだが、何か不満なのか。修羅場にドレスコードなんてあっただろうか。

「まあ、いいや。あんたはただの付き添いだもんね」

「おう。全部俺にまかせとけ」

「はぁ？　ロクちゃんがすることなんか何もないってば。黙って横にいるだけでいいから」

「そういうわけにもいかないだろう。とにかく、俺がいるから大丈夫だ」

「そうね。ロクちゃんがいると、なんか和みそうだわ」

　セーラは少し笑った。

　都心から約三十分。セーラが下りた駅は先日行った図書館のひとつ先の駅だった。この町に不倫男が住んでいるのか。図書館で話していた人は、もしかしたら不倫相手の妻なのかもしれない。

「ロクちゃん、あたし花屋に寄りたいんだけど」

「手土産なら、お菓子とかのほうがいいんじゃないか？」

「でも……。そっか、子供がいるって言ってたから、お菓子も買ったほうがいいかもね」

「はぁ？　そいつ、子供もいんのか？　子供もいるのにそんな女子高生と……」

　六郎は、拳を握りしめて言った。

「ロクちゃん、なんでそんな怒ってんの？」

「怒ってるよ。怒るに決まってるだろ」

「ねえ、なんか勘違いしてない？」

「くそっ。俺がぶん殴ってやる」

　声を荒らげたせいで、一気に視線を浴びてしまった。

「ちょっともう。何わけわかんないこと言ってんのよ。お願いだから黙って大人しくついて来て。説明は全部終わってからするから」

「今言えよ。気になるだろ」

「あたしもまだ迷ってるの。色々わかんないこともあるし。それスッキリさせたら答えが出ると思うの」

六郎は更に混乱していた。セーラはこれから何をしに行くつもりなのだろう。


駅から歩いて二十分くらいの場所に目的のマンションはあった。スマホで時間を確認すると午後二時をすぎていた。ちょっと小腹すいたな、と思いながらついていく。エントランスを抜け、エレベーターに乗り込んだ。セーラが三階のボタンを押した。ゆっくりと上昇していく。エレベーターを降りて、一番奥の部屋の前で停まると、セーラは大きく深呼吸をした。

「ロクちゃん、いざゆかん」謎の掛け声に、六郎はただうなずく。状況不明のまま敵地に乗り込んでいく戦士の気分だ。何が起こっても受け止める覚悟でいた。

チャイムを押すと、三十代半ばくらいの背の高い男が出てきた。スウェット姿に寝ぐせのついた、ただのおっさんだった。

こいつがセーラと？　嘘だろ、と心の中で叫んだ。

「はい？　どちらさまでしょうか」男は惚けたような顔で訊く。もしかして、家をまちがえたのかもしれない。

　その後ろから、小さな男の子がひょこっと顔を出した。

「あ、こんにちは。こちら、ハジメニイナさんのお宅でしょうか」セーラが訊く。

　誰だそれ？

「はい」男が答えた。

「あの、おまいり……。じゃなくて、おせんこうを」

　お参り？　お線香？　いったいどういうことだろうと、黒いワンピースを着たセーラの背中を見つめた。

「ああ、妻の。ありがとうございます」

　男が礼を言い、ふたりを部屋の中に通した。

　廊下を歩いていくと、リビングの奥にこぢんまりとした祭壇があった。遺影写真の女性はいったい誰なんだろう。六郎は自分の推理と今の状況がまったく嚙み合わなくて、脳が追いついていなかった。

　セーラに倣い、六郎も正座して手を合わせる。ゆっくりと目を開けると、セーラは口を真一文字にして嚙みしめるように遺影を見つめていた。

「よかったら、こっちでお茶でもどうぞ」

　ダイニングテーブルに麦茶がふたつ並ぶ。無言で、セーラの横に座った。

「あの、突然すみません。あたし、ハジメニイナの妹の宇佐美星空と言います」

「えー？」最初に声を上げたのは六郎だった。セーラが鋭い視線を向けてくる。黙ってろ、という合図だ。

「すみません」小さく謝罪してお口チャックの仕草をした。

「新奈から少しだけ聞いてました。歳の離れた妹がいると。会ったことはないと」

えー。と、心の中で叫ぶ。セーラはひとりっ子だと思っていたのに、姉ちゃんがいたなんて初耳だ。

「はい。あたしは、ついこないだ知ったんです。自分に姉がいることを」

不倫男ではなく、実の姉の夫。つまり、義兄（ぎけい）。頭の中で整理する。

そして、ふたりのやりとりを静かに聞きながら少しずつ理解していった。

セーラの姉である新奈さんは、先々月、突然亡くなった。そのことを父親と母親が話しているのをたまたま聞いて知った。セーラがなぜ今まで教えてくれなかったのかと母親に訊ねたところ、新奈さんは元夫との子供だと説明された。

新奈さんが高校生のときに離婚し、父親のほうで育てていくと話し合いで決まったらしい。しかし、すぐに父親は再婚し、新奈さんは継母とそりが合わずに家を出た。その後、父親も母親も、新しい家族ができたことで新奈さんと疎遠（そえん）になっていったという。

「大人って勝手ですよね」

セーラが言う。

「うん。そうだね」

新奈さんの夫は、静かに同調する。

「にぃ……姉は、どうして亡くなったんですか？　母に訊いてもよくわからないんです。たぶん、病気だってしか教えてくれなくて。急に死んじゃったのよって。そんなことあります？　だってまだ三十代でしたよね？　入院していたわけでもないのに、そんな急に人って死なないですよね？」

セーラは早口になる。

「まちがってないよ。その通りだよ。新奈は突然死んだんだ。前日までとても元気だった。その日も、元気に家を出て行ったんだ。まさか、もう会えなくなるなんて思わなかった……」

夫氏は、淡々と語る。寂しさや悲しさを通り過ぎてしまったかのように喋り方に抑揚がない。

「信じられない。なんで？」セーラが訊く。

「急性心不全と説明されました。若い人でも元気な人でも突然なるらしい。僕は医者じゃないからよくわからないけど、そういう人がいるらしい」

らしいらしいとまるで他人事のようだけど、夫氏のやるせない思いは伝わってきた。

「会ってみたかったな。なんか、自分に姉妹がいたって思うと不思議な感じなんです。名前もちょっと似てるし、顔だって、ほら……。似てるでしょう？」

セーラは、遺影のほうに視線をやり、訴えるように言う。

「似てる。ママとおねーちゃ似てる」

男の子が言った。

「似てますね、とっても」

夫氏は、すっと席を立ち廊下をゆっくり歩いていく。

戻ってくるなり、「これ見てください」と赤い布地のアルバムを差し出してきた。ぺらりと表紙をめくると、男の子が「あ、ママだー」と喜んで隣に立った。かわいらしい。

「一緒に見ようか」

セーラが微笑むと、男の子はするりとセーラの膝の上に乗った。

若いころの新奈さんは、本当にセーラによく似ていた。

セーラは、アルバムをめくりながら唇を噛みしめている。涙を堪えているのがわかった。

「あたし、ずっとモヤモヤしてて。もしかしたら、姉は自死だったんじゃないかなって思ってました。突然死んじゃう病気のことも調べたけど、なんか信じられなくて。でも、この家に来て思いました。姉が働いていた図書館にも行ってきました。そしてわかったんです。ちがうなって。姉は、幸せだったと思います。だって、こんなに可愛い子供がいて、こんなに優しそうな旦那さんがいて……」

言いながら、涙を堪えきれなくなったようだ。

「おねーちゃ、大丈夫？」

男の子がティッシュボックスを渡してきた。

「ありがとう」ずず、と洟をすする。

「セーラ……」六郎はなんと声をかけたらいいかわからず、そっと肩に手を置いた。

「あのね、あたしね、新奈さんのことで色々考えたの。死ぬってなんだろうって。どういうことだろうって。頭では理解してるつもりでも心では理解できないことってあるでしょう。新奈さんみたいに突然死んでしまって、なんで死んじゃったのかわからないまま遺された人もいるだろうなって。ちゃんとした説明がほしいだろうなって。だからね、あたし大学で医学を勉強しようって思ったの」

「ああ、それで急に大学に行くなんて言い出したんだ」

「うん」

夫氏と目が合い、笑顔を交わす。

「今日は来てくれてありがとう。よかったら、夕飯食べていきませんか？」

夫氏は、少し待っててくださいと言い、台所へ立った。背の高い彼は、膝を曲げて変な体勢のまま包丁で野菜を切っていく。小気味いい音が部屋中に響いた。なかなか手際はよさそうだ。

シーフード焼きそばとおにぎりと味噌汁がテーブルに載った。

「おいしそう。パパ、お料理上手だね」セーラが男の子に向かってほほ笑む。

「ママもじょうずだったよ」

男の子はコロコロした笑顔を向けると、子供用の矯正箸を使って焼きそばをすする。

六郎は、自分のとんでもない勘違いを反省しながら、流し込むように焼きそばをかきこんだ。イカやエビがごろごろ入っていて、こってりとしたソースが絡んでおいしかった。明太子入りのおにぎりとナスの味噌汁も、即席で作ったとは思えないほどおいしかった。

「ごちそうさまでした」

「これ、どうぞ」

男の子が、小さなお皿に乗った白いスクエアと丸いドーム型のお菓子を持ってきた。

「ごほうびチョコだよ」

男の子が言った後、夫氏が説明する。

「それ、新奈が好きだったチョコレートなんです。白いほうがココナッツプラリネって言うそうです。ホワイトチョコの中に、ヘーゼルナッツとココナッツを練りこんだクリームが入ってます。こっちはガナッシュのチョコです。なんかもったいなくて、自分では食べられなくて。よかったら、どうぞ」

「嬉しい。あたし、チョコ大好きなんです」

「それは、よかった」

「いただきます」セーラは、ココナッツプラリネを手に取ると、半分だけかじった。

「ああ、おいしい」

噛みしめるようにセーラが言う。六郎はガナッシュチョコを丸ごと口に入れた。高級な味、ということくらいしかわからない。毎日食べるものではなく、特別なときに食べるご褒美だなと思った。

　玄関を出る際、夫氏が「お土産にどうぞ」とシャープペンを渡してきた。

「折れないシャープペンです。元々は、芯が折れないいってことで売り出したんですけど、いまいち売れなくて。〝心が折れないシャープペン〟と謳って売り出したら、ヒットしたんですよ。新奈が司書の試験勉強のときに使ってたものです。よかったら……」

「いいんですか？　ありがとうございます」

「受験勉強、がんばってくださいね」

「はい」

「じゃあ、気をつけて」

　新奈さん宅を出ると、外はもう夜の気配が漂っていた。スッキリした表情で軽やかに歩くセーラの毛先が揺れている。

「でさ、髪切ったのはなんで？」

「もう、またそれ？」

「ちゃんと、理由があるんだろ？」

「勉強するのに長いと邪魔じゃん。髪乾かす時間とかもったいないし」

「そんな理由？　じゃ、石原さとみと上野樹里は関係なかったのか？」

「ええと、それは……」とセーラが恥ずかしそうに俯く。

「アンナチュラルの石原さとみか、朝顔の上野樹里かで迷ってたの」

「どういうこと？」

「法医学者を目指すのか、監察医を目指すのかで迷ってたのっ」

セーラは顔を真っ赤にしながら答えた。

「俺、ドラマ見ないからわかんないけど、結局どっちに寄せたの？」

「いいじゃん、それは」

セーラがぷいっと顔を背けた。

六郎は、もう一度セーラに訊く。

「だから、どっちだよ」

「しつこいな。どっちでもいいじゃん」

「まあ、どっちだとしても俺はセーラが大好きだけど」

どさくさ紛れに告白をした。

空を見上げると、一番星が輝き始めていた。

第七章「叶わない夢にはジャンドゥーヤ　七森なな美」

「サインください」

読書会の帰りに腕を引かれた。顎下の肉をたぷたぷさせながら、中年男はにやりと笑う。

七森(ななもり)なな美(み)は、差し出された本を見てげんなりした。世界的なベストセラー作家、アガサ・クリスティの文庫本だ。もう、何百万部も売れているシリーズ本のひとつで、誰もが知っている名作中の名作。

困惑しながら言った。

「それはちょっと……。著者の方に失礼にあたるので。すみません」

丁重に断ったつもりだった。が、しかし……。

「そんなこと言わずにさ。俺、本物の小説家に会うの初めてなんだよ。今、これしか持ってないから頼むよ」

男は諦めようとしない。本物の小説家ってなんだろうと考えて胸がチクリとした。

「いえでも……。他の作家の本にサインを書くのはやっぱり……」

「なーにケチくさいこと言ってんの。いいじゃんいいじゃん。ほら、ボールペンでちょちょっと書いてくれるだけでいいからさ」

なな美は、無理やりボールペンを握らされた。男がほらほらと急(せ)かしてくる。バッグの中にサイン用の筆ペンがあるが、わざわざ取り出す気にはなれなかった。

「わかりました」

なな美は、怒りを抑えながらボールペンを走らせる。

「どうぞ」

「どもども」

男はサインを見もせずに鞄に仕舞うと、なな美の顔をじっと見つめてきた。

「ええと、何さんだったたっけ？　あんたの名前」

今、サインしたばかりなのにもう名前を忘れてしまっている。

「七森なな美です」イラッとしたのを悟られないように答える。悪気のない無礼ほど質の悪いものはない。

「ああ、はいはい」

男は、適当に返事をすると辺りを見回し、作業中の図書館員に声をかけた。

「あのさぁ、ここの図書館には七森なな美さんの本って置いてあるの？」

「はいっ。どうされました？」

小柄な女性が小走りでやってくる。たしか、ハジメさんという名前だった。彼女は、人との距離感が絶妙で、とても話しやすい。

「いや、この人にサインもらったんだよ。せっかくだからさ、本借りて帰ろうかと思って」

男がなな美にサインをもらったことを説明する。ハジメさんはすぐに状況を理解したようで、なな美の顔色を窺うように目を合わせてきた。大丈夫ですか？　と訊いているように見えた。

「……」

同情を求めるような視線を送る。

「申し訳ありません。今は、ちょっと置いてません」

ハジメさんは、囁くような声で謝罪した。

「あ、そう。じゃ、帰りに本屋にでも寄ってみるかな」

男は残念そうにつぶやいた。おまえの小説なんて、図書館で十分だとでも言いたげだ。

そのとき、売れていないくせに小説家なんて名乗った罰だと自分を責めた。

それならついでに教えてあげよう。「私の本は、そのへんの本屋に行っても手に入らないよ」と。「まあ、無駄足だと思うけど行ってみれば？」そう、心の中で毒づくのが精いっぱいだった。

本屋にはすべての本が置いてあるわけじゃない。売れる見込みのある本しか並んでいない。売れない作家の本なんて発注書にも名が載らない。底辺作家は本屋に行くたびに傷つくのだ。自分の作品が置いていないことに。勇気を出して書店員に確認すると、名前を二度三度訊き直される。七森なな美という作家が存在することすら知らないんだと更に傷つく羽目になる。

「すみません。七森さん」

ハジメさんが申し訳なさそうに謝ってくる。

「いえ、いいんです。慣れてますから」

少しきつい口調になっていないか心配になった。

「本当にすみません」ハジメさんはさっきから謝ってばかりだ。こちらが、みじめな気持ちになる。

「気にしないでください。自分の本が図書館にないことは知ってましたから」

「七森さんの作品、すぐに取り寄せますね」

「いえ。七森なな美名義の作品は一冊しか出してないんです。もう、十年以上も前に出たものですし、きっと、正規のルートでは手に入らないと思います」

「それは、七森なな美名義以外の本があるってことですか？」

鋭い。ふつうなら、ああそうですかと流すところなのに。

「いえ。そういう意味ではないです」

咄嗟に否定した。だけど、ハジメさんの指摘はまちがっていない。

純文学作家・七森なな美として売れなかったため、路線変更を試みた。別名義で書いた官能小説がほんのちょっと売れた。売れたといっても一度重版がかかった程度だ。それ以降、来る仕事は全部、別名義のほうばかり。といっても、生活が豊かになるような稼ぎはない。一冊書いても、せいぜい数十万円。時給に換算したら、コンビニでバイトするほうがよっぽど割りがいい。

結婚してるんだから、趣味程度に考えればいいんじゃない？　と周りは言う。だけど、小さなプライドがそれを許さない。どうにかして、七森なな美として成功したい。『もう、なりふり構っていられない。とにかく売れたい。やれることはなんでもする』と、決意表明をブログに書き綴った。誰も気に留めないだろうと思った。ただ、自分にカツを入れたくてそう記した。

『もう二度と、他人の本にサインなんてしたくない』

悔しい体験談が読者に受けたのか、未だかつてないほどのPV数を稼いだ。

ある日、地元のFMラジオからゲスト出演してほしいと声がかかった。純文学作家・七森なな美として。ブログの投稿をたまたま目にしたらしい。「地元に、現役の作家さんがいらっしゃるなんて」とかなりおだてたDMだったが素直に嬉しかった。ふたつ返事で出演を決めた。

ラジオ出演なんてもちろん初めてでとても緊張した。新人賞を受賞したときに雑誌のインタビューを受けたことはあったが、実際に自分の声が電波に乗ると思うと何をしゃべっていいのか戸惑った。けれども、進行役のパーソナリティの人に促されて淡々と質問に答えていく形式だったため、思ったほど緊張はしなかった。一番うまく喋れたのは、自著の紹介ではなく影響を受けた作品について語ったときだった。大きなヘッドホンをしてマイクに向かって喋るのは思いのほか気持ちがよかった。

「お疲れさまでした。ありがとうございます。とっても楽しかったです。よかったら、また呼んでください」

　貴重な体験ができたことに、なな美は興奮していた。

「あの、七森さん。もしよかったらなんですけど――」

　放送局長の高木さんに、レギュラー出演を打診されたのだ。月に一回、二十分間のコーナー。内容は、本についてならなんでもいいと言われた。

「そんな簡単に決めちゃっていいんですか？」

　高木さんは、大丈夫ですようなずいた。なんとも軽いやりとりだ。

「七森さんの好きなテーマで喋ってもらえたらいいんですけど、お願いできますか？」

「え？　本当に？」

「はい。今日みたいな感じで全然ＯＫです」

　ローカルラジオならではの自由さだと高木さんは言う。自分の好きな番組を自分で作るのがこの仕事の楽しさだと彼は語っていた。

　なな美の出演は、一月の第一週目からと言われた。二十分間喋るのがどのくらいの内容なのかまったく見当がつかない。音楽も自分で考えてほしいと頼まれた。なな美は、ラジオをほとんど聴かない。そもそも、売れない作家のひとり語りなんて需要はあるのだろうか？

　とにかく、原稿を書こうとパソコンを開いた。自由とはいっても、今日みたいに質問形式で喋るわけではない。なな美が考えた言葉でなな美の声で発信しないといけないのだ。

マイクに向かって喋ることをイメージしながらキーを叩いた。言葉を届ける仕事というくくりでは、ラジオも小説も同じだ。途中で頭が真っ白になっても大丈夫なように、一字一句喋る内容を原稿に書き起こした。「あの〜」「さてここで」「まあそんな感じで」などのつなぎ言葉まで詳細に書き起こす。

テレビをつけると、深夜のバラエティ番組の再放送をやっていた。『噂の人物に直撃』というタイトルが画面に映し出される。視聴者投稿で寄せられた気になる人物を追うという趣旨のコーナーらしい。顔は見たことあるけれど、名前がわからない女性タレントや芸人がひな壇を飾る。

「まあ、とりあえず見てください。それでは、こちらをどうぞ〜」

いきなり画面が切り替わった。

「はい。というわけで原宿の竹下通りにやって来ました」

意気揚々と二人組の芸人がカメラに向かってしゃべりだす。

「さて今回は、『座右の銘を売る男』を探しにいってみたいと思います」

なんだそれ？　となな美は首をかしげた。

街行く人々にインタビューしていくスタイルのもので、マイクを向けられた若者が朗らかに答える。

初々しい高校生カップルが画面に映し出された。

男の子が少し緊張した面持ちで「知らないっすねぇ」と答えた。

　すかさず芸人が「じゃ、彼女は？」とマイクを向ける。

「なんかぁ、友達が書いてもらったことあるって言ってました。おもしろそうだなって思ってノリで書いてもらったらしいんですけど……」

　女子高生が得意満面で語りだす。

　神出鬼没のその男が書く『座右の銘』とやらをもらうと、幸運が訪れるという。女子高生はスマホを取り出すと、友達に電話をかけ始めた。番組の趣旨を軽く説明すると、すぐにＬＩＮＥで写真が送られてきた。実際に書いてもらったという紙切れが画面に映し出される。

　抽象的でふわっとした前向きな言葉。刺さる、というよりはそっと背中を押してくれるような言葉だった。

　結局、『座右の銘を売る男』は見つからなかった。情報提供をお待ちしています、というテロップが流れる。もし、これが男の戦略だったらうまいなぁと思った。神出鬼没と謳うことで、希少性が高まる。さすらいの芸術家か。

　なな美は思わず、「いいなぁ」とつぶやいた。

　あっという間に年が明け、ラジオの生放送の日がやってきた。

　きっと大丈夫。この原稿があればうまくいく。そう言い聞かせながらパーソナリティ席へ座った。モニターに時間が表示されると緊張が頂点に達した。失敗したらどうしようと心拍数が上がる。

オープニングの音楽が鳴り、高木さんがキューを出す。それに合わせてタイトルコールを叫んだ。

「七森なな美のぉ～レインボータイム～」

張り切りすぎて声が裏返ってしまった。焦ったなな美は、深呼吸をしながら原稿に目を落とす。音楽が終わったらオープニングトークだ。

「さあ、始まりました。改めまして、作家の七森なな美です――」

そこまでの記憶はしっかりある。出だしは、原稿を追いながら話をすすめ順調だった。だけど、途中から自分がどこの行を目で追っていたのかわからなくなった。焦れば焦るほど原稿の内容としゃべっている内容が乖離してくる。

もう仕方ない。アドリブでいくしかないと腹をくくった。進行表を無視して好きな作家の好きな作品について語ることにした。本来なら、自分の趣味や仕事の話をしようと思っていたのに。時間まで夢中で喋り続けた。沈黙にだけはなってはいけないと神経を張り巡らせながら。

「お疲れさまでした。すごくよかったですよ。さすがですね」

高木さんが拍手をしながら労う。社交辞令とわかっていてもうれしい。

「ありがとうございます」

「では、また来月お願いします」

なな美は、達成感と反省を抱えスタジオをあとにした。

二回目、三回目と出演を続けていくうちに喋ることに少しずつ慣れていった。毎回原稿通りにはいかないけれど、アドリブでなんとか間をつなげるくらいにはうまく喋れるようになった。少ないけれど、毎月メッセージを送ってくれるリスナーもいて、ラジオ出演は好調な滑り出しを見せた。

ある日、夫が犬を連れて帰ってきた。里親募集のＳＮＳを見て、運命を感じたらしい。お互い、動物にはあまり愛着を持たないタイプだったため、今まで飼おうという話になったことは一度もない。すでにその犬は二歳を過ぎていて、十キロの米袋よりも重かった。鼻は潰れてブサイクだし、ずんぐりとした体形で黒豚みたいな犬だな、と顔をしかめたのを覚えている。

育てていけるだろうか、という不安は杞憂に終わった。

クロエという名のフレンチブルドッグは、冷え切った夫婦の潤滑油となり、愛された。

クロエを中心に家の中がぱぁっと明るくなった。なな美はこんなに自分が動物に愛情を持てるなんて思わなかった。きっと、夫もそうだろう。ＬＩＮＥのやりとりなんてしたことはなかったのに、それぞれクロエを撮った写真や動画を自慢し合うみたいに送り合った。

休みの日は、三人（クロエはひとりとカウント）で散歩に出かけるようになった。

事件が起きたのは、三月の中頃。ちょっと遠出して、ピクニックにでも行こうかと夫が言い出した。三人でのドライブは思いのほか楽しかった。クロエは大自然を駆け回り、夫がその後ろをカメラで追いかけ、なな美は張り切って作った弁当を広げる。

夢のような時間はそう長くは続かなかった。

夫はカメラのバッテリーを交換中、なな美は弁当箱を車に載せようとほんの少しクロエから目を離した。たった数十秒の間にクロエがいなくなったのだ。最初は、名前を呼べばすぐに戻ってくるだろうと余裕もあった。

しかし、あたりを血眼(ちまなこ)になって探し回ってもクロエの姿は見つからなかった。ここは、家から数十キロも離れている。右も左も山ときた。どちらに迷い込んだとしても見つけるのは容易ではない。暗くなるまで探したがとうとうクロエは見つからなかった。

それから、ビラを配ったり、SNSで呼びかけたりしてみた。クロエらしき目撃情報はたくさんあっても、保護できるまでに至らなかった。「これだけ探しても見つからないんだから、誰かに拾われてしまったんだろうな」と一緒に捜索を手伝ってくれた友人に言われた。なな美も夫も、その言葉を受け入れるしかなかった。

それだけならまだよかったが、SNSで誹謗中傷をされるという想定外のことが起きた。動物を溺愛する人たちの過剰な攻撃が始まったのだ。「あなたのせいで」「あなたがちゃんと見ていれば」「あなたが里親にならなければ」……。様々な指摘は反省することもあったが、ほとんどは悪意のある言葉ばかりで、なな美も夫も食事が喉を通らないほどダメージを食らった。

もうそうなったら最後、以前の我が家に逆戻りだ。いや、それよりも最悪な状況に陥った。毎日おたがいを罵り合う日が続いた。おまえのせいだ、あんたのせいだ、と責任のなすり合いで心身ともに疲れ果てた。

急転直下とはこのことだ。すぐに別居が決まった。クロエが見つかるまでは顔を見たくない、と追い出されるような形で家を出た。

どうやって生活していこう。なな美は頭を抱えた。ラジオのパーソナリティは月に一回。ギャラは、ランチ一回すれば消えてしまう。官能小説の印税だって毎月入るわけではない。パートに出ようにもなんの経験も資格もない。五十歳になった自分に何ができるかもわからない。今まで、ぬるいところで生きてきたんだなと反省した。

わずかな貯金とわずかな収入でひっそりと節約生活をしていく覚悟で小さなアパートを借りた。相変わらず、七森なな美としてはどこの出版社からも仕事はもらえない。「いまどきこういうのは売れないんだよね」と企画書の段階で突き返されてしまう。書くチャンスすら与えてもらえない。

ついてないときはとことんついてない。

ネットで七森なな美と検索したら、デビュー作の表紙が目に飛び込んできた。

嬉しくて反射的にクリックしたら、フリマアプリで半額で売られていた。出品されたのは一ヶ月前となっている。まだ、落札はされていない。

まだ？

果たして、買いたい人など現れるのだろうか。その日から、自著の行方が気になって毎日フリマアプリをチェックするようになった。

今日も売れてない、あぁまた売れてない、とため息をつく日々が続いた。

貯金は減るし、気力も体力も減る。一週間ほど何もしなかった。ほとんど布団の上で過ごした。ぺたんこの布団からは酸っぱい匂いがした。このまま自分はこうして終わっていくのかなと考えてしまう。孤独死という言葉が浮かんだ。

そんな状況でもお腹がすくから不思議だ。冷蔵庫を開けても調味料以外に入っていない。とびきりおいしいものが食べたい、と思ったときに浮かんだのはチョコレートだった。

読書会の帰りにハジメさんからもらったチョコレートがあまりにおいしかったことを思い出した。あれは、どこのメーカーのチョコレートなんだろう。

「あ、そうだ」

包み紙が綺麗だったから、折りたたんで栞(しおり)代わりに本に挟んだのを思い出した。本棚を漁って、一冊ずつ開いて確かめる。

「あったあった。これだ」

包み紙を広げ、何かヒントはないかと見る。小さな文字で『Ça ira』と書かれていた。

ネットで検索してみる。『Ça ira　チョコレート』

ホームページなどは見つからなかったが、グルメサイトに店舗情報が載っていた。外観などの写真はない。「住宅街にある歩道橋の横でちょっとわかりづらい」と書き込みがあったが、とりあえず行ってみることにした。かなり道に迷ったが、なんとか暗くなる前に着いた。

　重い扉を開け細い通路を歩いていくと、奥にいた女性が「いらっしゃい」と出迎えてくれた。

「あの、ここってチョコレート屋さんですよね？」

「ええ」

　軽やかな感じの店主だ。なな美より年上であることは感覚的にわかったが、所作（しょさ）の美しさや気品のある佇まいが年齢不詳な感じを覚えた。

「新作のチョコレートができたの。味見していただけませんか？」

　店主は小さな皿に載ったダイス型のチョコレートを差し出した。赤い粒が上に載っている。

「いただきます」

　指でつまんで口に入れると、最初に苦みが来た。そのあとで、香ばしいナッツの香りが鼻を抜けていく。噛みしめるとぷちっと何かが弾けた。さっきの赤い粒だろう。ぴりっと胡椒（こしょう）の辛みが効いている。そしてすぐあとに、まろやかな甘みが舌の上でとろけた。苦み、辛み、甘み。三位一体とはこのことか。濃厚でまろやかな口どけのチョコレートだった。

「初めての味です。これは、なんていう種類ですか？」

「ジャンドゥーヤといってね、焙煎（ばいせん）したナッツを砂糖と一緒にペースト状にして、クーベルチュールと合わせたものよ」

「なんか、元気の出る味ですね」

「よかった」

店主はうれしそうに言う。

なな美がチョコレートを買いたいと申し出ると、店主は「あなたが幸せになってほしい人に渡してください」と言ってきた。

幸せになってほしい人なんていないのに……。

「おやおや。その様子だと、心が元気じゃないねぇ」

「はい」

「ご褒美が足りないのよ」

店主は言う。

「……」

「いい？　これを口にするときにこう言うの。『大丈夫。うまくいく。なんとかなる』ってね」

思わず、笑みが漏れた。

「そうそう。その顔よ。素敵」

「私が、ひとりで食べてもいいんですか？」

「もちろん。幸せになってほしい人は、自分自身も含まれているのよ。チョコを食べて、元気をチャージしてね」

優しい店主に背中を押され、店を後にした。

家に帰って箱を開け、一粒口に入れた。

「大丈夫。うまくいく。なんとかなる」

そうつぶやいてまたひとつ口に入れた。おいしい。涙が出るほどおいしかった。元気の出る味。また買いに行こう。がんばらなきゃ。

今やれることをやるしかない、と与えられた仕事に邁進（まいしん）した。

そんなとき、高木さんから電話があった。電話なんてめったにないのに。まさか、ラジオの降板だったらどうしようと身構えた。

「はい」恐る恐る返事をする。

「ちょっと、ご相談なんですけど」

「はい」心臓がバクバクする。

「小説講座の依頼が来てまして。七森さんの連絡先を教えてほしいと問い合わせが――」

市内にある専門学校で小説の講師を探しているとのことだった。たまたまラジオを聴いていた関係者から連絡があったらしい。常勤の講師が入院したため、急遽探しているという。

「私、小説の書き方なんて、習ったことも教えたこともないですけど……」

「ラジオを聴いていて、とてもお話が上手だと思ったそうです。この人に来てほしいと」

高木さんは褒め上手だ。ついつい疑ってしまう自分がいる。

「はあ」なな美は、曖昧に返事をした。

「とにかく、一度話を聴きにいってみて、それから考えたらどうでしょうか？」

「わかりました」

翌週、さっそく話を聞きにいくことになった。駅近に立つ大きな専門学校で、ゲーム系のコースから音楽系のコースまで幅広い分野の学生を育てているということをネットで知った。大きなビルが二棟も、どうだ、と言わんばかりに建っている。

学校の特色などの説明を受けていると、唐突に担当者は「いつから来れますか？」と訊いてきた。話を聞きに来ただけで、まだやるとはひとことも言っていない。生徒をこれ以上待たせるわけにはいかないので早急に来てほしいとのことだった。できれば、ゴールデンウィーク明けに来てほしいと言われた。

廊下のほうから聞こえてくる、エネルギッシュな若い声に気圧され、こんな場所で働けるわけがないと不安になった。机の上に置かれた書類に目を通しながら、どうやって断ろうかと考える。

「最初は、キャリアとか関係なく、皆さんこれでスタートなんですけど……」

担当者が申し訳なさそうに数字を提示してきた。

「え？ こんなにいただけるんですか？」

時給の高さに驚いた。週に三日。講義数は十コマ。交通費別途支給。頭の中ですぐに計算する。そして、ああこれで生活が楽になると思うと、「よろしくお願いします」と頭を下げていた。

講義初日。緊張して教室に入ると、二十歳前後の若者が十人ほど座っていた。女子はひとりだけであとは全員男子だった。改めて、みんな若いなぁとしみじみ思う。表現としては古いけど、ピッチピチという言葉がしっくりくる。

なな美はさっそく、自分の自己紹介を始めた。ひと通りしゃべり終えると質問タイムになった。

「アイデアが出ないときはどうしたらいいですか？」

「作家をしていて一番つらかったことはなんですか？」

夢を持った子たちって、なんでこんなに目がキラキラしているんだろう。自分も、かつて作家を目指していた時代があったことを思い出した。

その日は、生徒の自己紹介などで講義は終わった。

やっていけそうな兆しが見えたのも束の間、講義用の資料作りに悪戦苦闘した。自分の経験や知識が誰かの夢の一歩につながればいいと、寝る間も惜しんでせっせとパソコンのキーを叩く。これじゃ、割に合わないなと嘆きながら。高い時給をもらうことへのリターンだとそのときに気づいた。

なんとか資料をまとめて次の講義に挑んだ。しかし、一コマ九十分もある。それが二コマも続く。用意していた資料の説明を終えて時計を見ると、たったの二十分しか経っていないことに気づいて愕然とした。自分のしゃべりの限界は、ラジオで培った二十分なのか。残りの時間、何をすればいいのだろう。

「えっと、前の先生のときはどんな授業だったの？」

できるだけ明るく、フレンドリーで気さくな先生を演じてみた。

「書いた作品を全員で読み合って、感想を言い合って、それから先生が添削をしてくださってました」

紅一点(こういってん)の女子生徒、宮原(みやはら)さんが答えた。

なるほど、その手があったか。小説講座というから、一方的にこちらが話していくスタイルかと思っていたが、書かせるスタイルなら時間もつぶれるし都合がいい。

さっそく、自由に書かせることにした。

生徒が書いている間、なな美はとくにすることがない。先生っぽく、教室をうろうろしたり、ラジオの原稿を書いたりして過ごした。

ようやくチャイムが鳴った。やっと一コマ終わったと安堵する。

次の時間、生徒の作品を読んで頭を抱えた。

ゴブリンって何？　エルフとは？　ゴーレムって？　生徒らの作品には未知の言葉がたくさん出てきた。これは、造語なのだろうか？　教卓の下で、スマホをタップする。検索して、それらの言葉がファンタジー用語だと知る。なな美は、ファンタジー小説をほとんど読んだことがない。ゲームは、昔流行ったスーパーファミコンのパズルゲームを触ったのが最後だ。カタカナが多すぎる小説は苦手だ。恥ずかしながら、映画で話題になった『指輪物語』もスルーしてきた。どのようにアドバイスしてよいやら皆目見当がつかない。

「みんなは、どんな小説家になりたいんですか？」

「アニメ化とかして一発どかんと売れたいっすね」

その質問の答えで自分が場違いなところに立っていることを理解した。

彼らが目指しているのは、ライトノベル作家。それも、異世界系やバトルものといったなな美がもっともわからないジャンルだった。

なぜ、自分がここへ呼ばれたのだろう？

あとでわかったことだが、教務担当者は小説にまったく詳しくない人物だった。現役の作家ならば誰でもいいと思ったらしい。音楽と同じように小説にもジャンルがある。なな美は純文学出身の官能小説家だ。オールマイティにこなせるわけではない。

音楽でたとえるなら、流行のR&Bやヒップホップを習いに来たのに、先生が演歌歌手だったみたいな状態だろう。

ダメだ。このまま自由に書かせてもなな美が教えてあげられることはない。時間の無駄であり、お金の無駄だ。彼らはバカ高い授業料を払ってここへ通っているのだ。どうにかしないと……。

「みんな、普段どんな小説読んでるの？　文芸作品は読んでないの？」

「一回も読んだことないっす」

カーンと突き抜けるような高音だった。一度聴いたら忘れられない特徴的な声。その声の主は、スポーティな服装のいまどきの男の子で、筋肉質な体形をしていた。名簿で確認すると、八毛くん。八に毛と書いてハゲと読むらしい。おもしろい名前だな、とすぐに覚えた。

「なんで？　文芸もおもしろいよ」

「えー。だって難しいし。それに、めっちゃ高いじゃないっすか」

確かに。ラノベは文庫サイズだから六、七百円だが、単行本は二千円前後する。約三倍。このぐらいの子たちからすると、単行本は高いと感じて当たりまえか。

「じゃあ、図書館を利用したら？」

「えー、図書館ってラノベも置いてますか？」

「さあ、どうだったかな」

どうやら、彼らは文芸には興味がないらしい。ましてや、純文学なんてまったく頭にないのだろう。

その日は、最低限の添削指導をして終わった。変な文法や、辻褄のあっていないところを赤で指摘を入れた。馴染みのないカタカナの言葉には触れなかった。いちいち検索するのもめんどうだったからだ。

しばらく考える時間がほしいと思った。このまま講師を続けることができるだろうか。

帰宅するなりベッドに倒れ込んだ。

「疲れた」

久しぶりに履いたパンプスの靴擦れが痛い。昔はピンヒール命だったのに、たかが三センチの太いヒールで足が悲鳴を上げていた。

コンビニで買ってきたお弁当を温める。その間に緑茶を入れた。肘をつきながら、お弁当を摘まむ。合間にスマホをぽちぽちといじっていつものアイコンをタップする。フリマアプリで自著が売れたかをチェックするためだ。

「やっぱり売れていないか」

はぁーあ、と反り返ってベッドに頭をつける。それより、次の授業どうしよう。

なな美は気が小さいせいか、頼まれたら断れないタイプだ。そのうえ、与えられた仕事は完璧にこなしたい性分。だからいつも必要以上に疲れてしまう。手の抜き方がわからないのだ。

戸棚からアルミ缶を取り出して開けた。こんなときはご褒美に限る。

「大丈夫。うまくいく。なんとかなる」

そうつぶやいて、ジャンドゥーヤを口に入れた。

「んー。やっぱり、おいしい」

そういえば、高木さんからメールが来ない。いつもなら、次のラジオ出演の前にリスナーから寄せられたメッセージが来るころなのに。

もしかしたら忘れているのかもしれないと思い、こちらから確認のメールを送ってみた。

ところが、返ってきたメールを見て力が抜けた。来月のメッセージが一通も来てないというのだ。

どうして？　ラジオを始めて約半年、順調にいっていると思っていた。メッセージは少ないけれど、今まで途切れることはなかった。どうしてだろう。もう飽きられてしまったのかな。最近は、話す内容を事前に考えるよりも、リスナーから送られてきたメッセージを読んでそれに感想を言うというスタイルが定着しつつあった。なな美自身もそっちのほうが原稿を書かずに済むので楽だった。

来月も再来月も、もし誰も送って来なかったらどうしよう。

ふと、鏡に映った自分を見てぞっとした。え？　いつの間にこんなに老け込んでしまったのだろう。

とにかく今は、次の講義の対策を練らないといけない。しばらくは、トライ&エラー作戦でいくしかないだろう。軌道に乗るまでは、色々試してみようと思った。家にいる時間のほとんどを講義のシミュレーションに費やした。だけど、いくら考えても彼らが求めている授業とはちがう気がして、実践するには至らなかった。

なんとかしなきゃと考えて出したのが、市販されている有名作家の指南書を頼りにすることだった。

どうにか前期を乗り越えたものの、他人の書いた創作論をいかにも自分が考えたかのように伝えるだけの授業は、やっぱり後ろめたかった。後期の契約を結ぶか一瞬悩んだが、生活のために割り切ってやるしかないと考え直した。

約一ヶ月の夏休みは、あっという間に過ぎていった。

新作の小説を書こうと思っていたのに、いつまで経ってもできあがらなかった。締め切りのない原稿は、やっぱり書く気が起きない。書くことが好きで作家になったのに、いつしかお金のことばかり考えるようになっていた。

専門学校の年間スケジュールは大学とも小中高校とも異なり、お盆開けからすぐに後期の授業が始まる。久しぶりの満員電車はつらい。通勤だけで体力が消耗されていく。以前、先輩作家に言われた。

「作家のいいところはね、朝、満員電車に乗らなくていいことなんだよ」

体をもみくちゃにされながら、必死で踏ん張り、その言葉を反芻した。

電車を降りると、うちの学校の生徒たちがコンビニ前で屯（たむろ）していた。若いな、と思わずため息が漏れる。

「先生、これ落としましたよ」

エレベーターの前で八毛くんに呼び止められた。Suicaを差し出してくる。

「ん？　あれ？　すみません。これって、先生のじゃないですよね……」

Suicaに書かれている名前を見て八毛くんが手を引っ込める。

「あ、ありがとう。これは本名なの。私、安藤なつ子っていうのよ」

「アンドーナツコ？　餡ドーナツ。あははっ。先生も名前で色々苦労したタイプですか？」

「ううん。これは結婚してからの苗字だから」

「なんだぁ」

八毛くんは、残念そうに口を尖らせた。

「俺、名前でめっちゃいじられますよ。『おい、ハゲっ』て頭叩かれたり、『ハゲテル、ハゲテル』って指さされたり」

八毛くんはキャップを取って、「まだ、ハゲてないっすよね？」と坊主頭を見せてきた。

「うん。ハゲてないよ。覚えやすくていいじゃない」思わず笑ってしまう。

「姉ちゃんなんか、ハゲてる上司に「おいハゲっ」って怒鳴られるたびに周りから失笑されるって嘆いてましたよ」

「あー、それめっちゃおもしろいね」

「おもしろいっすか？　姉ちゃんは大変みたいっすけど。さっさと結婚して名前変えたいって言ってます」

八毛くんは、クラス内のムードメーカーという感じ。活発で授業中もよく発言してくれるので、いてくれるとありがたい存在だ。誰よりも作家になりたいという思いが強く、熱心に取り組んでくれる。

しかし、彼の作品は意味不明でなな美には理解できなかった。ＳＦなのかファンタジーなのか異世界なのか判断ができない摩訶不思議な世界観。

「そっか。作家はいいよね。ペンネームで仕事できるから」

ふたりでエレベーターに乗り込む。

「先生、小説を書く上で一番大事にしてることってなんですか？」

一番と言われるとちょっと難しい。小説はひとつの要素だけでは成り立たない。

「まずは、たくさん経験をつむことかな。小説はつながりが大事なのよ。なぜそれが起こったのか、なぜそうしたのかってのを掘り下げて書くのが小説だから。そのためにもたくさんのことを経験して感情の引き出しを作っておくの」

「経験……つながり……」

八毛くんは反芻するようにつぶやく。

「そう。無駄なことなんて何ひとつないのよ。まだ若いんだからいろいろ挑戦してみてね」

「了解っす」

にかっと笑いながら八毛くんはエレベーターを出ていく。なな美もその後を追う。教室に入ると、みんながなな美の顔を見て不敵な笑みを浮かべた気がした。なんだろう。妙な感じ。

「さあ。席について」

なな美は、ｉＰａｄをタップし出席簿のアプリを開いた。くすくすと笑い声が耳に刺さる。

「どうしたの？」

「先生って、エロい小説書いてるんすね」男子学生のひとりが言う。

「え……」

まさか、と思って血の気が引いていくのがわかった。

「先生の出した本とかSNSとか探してたら見つけちゃったんですよね。ここのサイトに載ってる官能小説って、先生が書いたんでしょう？」

慌てて生徒のスマホを覗く。昔、WEB連載していたときのものだ。どうせ誰も見てないだろうと思ってたのに。プロフィール欄には、七森なな美名義で活動中とある。

「作品読んでくれたの？　ありがとう」

わざと笑顔を作って、毅然とした態度を見せた。

「全部は読んでないっすけど、これヤバいっすよ。いきり立った肉の棒を回転ドリルのようにって……」

男子生徒が下品な言葉を連発して盛り上がる。紅一点の女子生徒、宮原さんがなんとも言えない表情でなな美を見つめていた。若い女の子には刺激的な内容だろう。

宮原さんは、このクラスで唯一の文芸作家志望で、教務担当者から一番優秀な子だと伝えられていた。確かに、彼女の文章力は抜きん出ていた。授業態度も真面目で、なな美のアドバイスも素直に聞いてくれる。同性ということもあり、ほんのちょっとだけ贔屓してしまう自分がいる。男子生徒の下ネタに困惑してるんじゃないだろうかと心配になった。

「せんせーい。じゅぎょー、はじめてくださーい」

空気を読んでくれたのか、八毛くんが叫ぶ。

「はい、じゃあ始めます。今日は、みんな同じテーマで書いてもらおうと思います」

自由に書かせたら、またカタカナだらけの小説を読ませられることになると危惧して、この作戦に打って出た。

「書き出しを『〇〇には秘密があります』で始めてください。告白するような感じで人に話しかけるように書いてみてください。そして、徐々に真相がわかるように構成を考えて書きましょう」

「秘密を告白だって。先生、なんかエロいっすね」

さっき騒いでいた男子がニヤニヤしながら言った。タイミングの悪さに一瞬後悔する。

「締切は九月一日です。点数をつけて順位を発表します」

「えー」というブーイングが起こる。

「一位に選ばれた人には、先生からとびっきりのご褒美をあげます」

「やったー。ご褒美―」

無邪気に喜ぶ八毛くんの周りで他の男子生徒が顔をしかめる。

「それ、やる意味あります？　結果見えてますよ」

さっきまで騒いでいた子たちが、今度は不貞腐れた態度で言う。

「やってみないとわからないじゃない」

「どうせ一位は宮原さんですよ」

彼らの中でも、彼女が優れていることは周知の事実らしい。

「とにかくやって。やる前から諦めないの」

安っぽい教育者みたいな言葉しかかけられない自分が情けなかった。


九月一日。締切の日はやってきた。正直、出来レースみたいなものだと思った。一度読めば実力なんてすぐにわかる。宮原さんが優勝でまちがいないだろう。

しかし、八毛くんの作品を読んで、なな美は驚いた。

『僕には秘密があります。それをずっと隠したまま、あの子と接するのが心苦しいです』

という書き出しから始まる。文章力はまだまだだったが、ぐいぐいと読ませる力があった。真相が気になって最後まで一気読みした。

そして思った。これは、創作ではなく彼の実体験ではないかと。だからこんなに心を動かされたのではないだろうか。確かめたい気もするけれど、ちょっと怖い気もする。

これって本当の話なの？　なんて訊くのは野暮(やぼ)だ。だけど、彼が悩んでいるのだとしたら、何かアドバイスをしてあげたほうがいいかもしれない。

いや、でも、講師の契約事項に、生徒のプライバシーに踏み込んだ発言をしてはならないとあった。

他の学生の作品を読み終え、点数をつけていく。

「今回の課題、優勝者は八毛くんです」

なな美が言うや否や、えーという驚きの声が上がる。まさか、という反応だ。

八毛くんは、いつもの感じで「やったー。いぇーい」と無邪気に喜んでいる。創作であの話を考えたのなら才能があるかもしれない。

「八毛くん。あとで、講師控室に来てください。ご褒美を用意してます」

その日、宮原さんは終始俯いたままだった。自分が優勝するという自信があったのだろう。

就業時間が過ぎても八毛くんが取りに来ないので、教室に行ってみたが、八毛くんの姿はなかった。もしかすると、喫煙所にいるかもしれないと思って屋上まで登った。見知った顔がちらほら見える。小説学科の生徒たちだった。男子生徒の中に宮原さんが囲まれるように立っているのが見えた。

あの子、タバコ吸うんだ。慣れた様子で煙を吐き出す姿は様になっていた。

「マジできもいんだけど、あの女」

宮原さんが煙と共に吐き捨てた。いつもの優等生然とした姿からは想像できない乱暴な口調だった。

「あの女の書いた小説読んでみたんだけど、年下の男と不倫してる中年女の話だったのよ。なんかあの女、欲求不満そうじゃん。あんたら、気をつけたがいいよ。あははは」

下品な笑いが伝染していく。

あの女が自分だということはすぐにわかった。なな美の作品をバカにしているのだ。しばらく声をかけずに彼らのやりとりを見ていた。

たまらず、涙がつっと流れた。慌てて手で抑える。反対の手を誰かに捕まれて振り返ると、そこに立っていたのは八毛くんだった。手を引っ張られて非常階段を下りていく。二階の踊り場で手を振り解いた。

「……」悔しいんじゃない。悲しかった。

「俺、先生の小説読みましたよ。おもしろいかどうかはよくわかんなかったんすけど、めちゃくちゃ文章がきれいだったから、俺でも最後まで読めたんですよ」

「あ、ありがと……」

マジできもいと言った宮原さんの声が、まだ耳に残っていた。

「エロいほうじゃなくて、先生のデビュー作ですよ。あんなん書けるってマジすごいっす。先生はすごいです。だって、小さい頃からの夢、叶えたんですよね？」

「えっ。夢……」

「そうです。俺ら、全員夢叶えたくてここに通ってるんです。すでにデビューして本出してる先生は神っすよ」

「あはは。夢は叶ったようで全然叶ってないけどね」

吐き捨てるように言った。

「めちゃくちゃすごいっす。尊敬します」

八毛くんの言葉に嘘はなかったと思う。彼は、本当に純粋な気持ちで言ってくれたのだろう。

ありがとうが声にならなかった。今、ふた回り以上も年下の男の子に慰められている。情けない。情けないけど、それが今の自分だ。

彼に無言でチョコレートの入った紙袋を渡した。

「ありがとうございます。俺、これからもがんばります」

キラキラと輝く瞳がまぶしかった。

帰宅して、しばらく見ていなかったフリマアプリを開いた。お気に入りに登録しているので、すぐに確認できる。

sold outの文字を見て、ハッとした。

「もしかして、八毛くんが……」

なな美はうれしくて、思わず「ありがとう」とつぶやいた。

第八章「僕の秘密　八毛輝馬」

僕には秘密があります。それをずっと隠したまま、あの子と接するのが心苦しいです。ちょっと長くなりますが、時系列順にお話ししますのでお付き合いください。

出会いは、市立図書館でした。先生に勧められ、行ってみようと思ったのがきっかけです。平日の昼間ということもあって、利用客はほとんどいません。小さな子供を連れたママさんか、新聞を読んでるお年寄りか、勉強をしている学生がいるくらいです。

その図書館には、僕のお目当てのラノベ作品は置いてませんでした。せっかく来たので何か借りて帰ろうと思い、図書館員の人にオススメを訊ねました。僕より少し年上の女の人で、名前は伴（ばん）さんと言います。

伴さんは「オススメって難しいな」とつぶやいた後、僕に「趣味とか特技ある？」と訊いてきました。「野球ですかね。中二で辞めちゃったけど」と答えると、あさのあつこ先生の『バッテリー』という本を勧められました。

僕は野手だったので、バッテリーはどうなのかなとあまり期待せずに読んでみたところ、これがめちゃくちゃおもしろくて。ラノベ以外もいけるじゃんとなんだかうれしくなりました。

後日、おもしろかったことを伴さんに伝えに行きました。カウンターで夢中になって喋っていると、後方に気配を感じました。振り返ると、僕と同い年くらいの子が「く」の字に立っていました。顔は僕のほうを向いているのに、視線はどこかちがう方向を向いていて、なんだか変な感じがしました。

（あ、同じキャップかぶってるな）というのが第一印象です。顔はよく見えませんでした。

それが、あの子との出会いです。

ある日、館内をうろついていると、閲覧室でヘッドホンをしている人を見かけました。あの子だ、というのは机の上に置かれていたニューヨークヤンキースの帽子でわかりました。きれいな横顔が印象的でした。

何をしてるんだろうと様子を窺っていると、横から三十代半ばくらいの女の人が「麻尋くん」と声をかけていたので、あの子の名前が麻尋くんなんだと認識しました。

ちなみに、声をかけたのは司書の新奈さんです。

それから、図書館へ行くたびに閲覧室をこっそり覗くのが日課になりました。覗くといっても、あくまでもさりげなくです。ふたりのテンポはすごく合っていました。しゃきしゃきテキパキの新奈さんと、スローでマイペースな麻尋くん。麻尋くんは、いつもちょっとだけ斜めを向いています。体育の時間に〝休め〟という号令でするときのようなポーズといえば伝わるでしょうか。

麻尋くんと新奈さんのやりとりを見て、麻尋くんが目の見えない子なんだと気づきました。ぼんやりと視線の定まらない表情はそのせいだったんだと納得しました。ヘッドホンで、音声図書を聞いているということもそのときに知りました。

なんてミステリアスで儚げな子なんだろうと僕の心を激しく揺さぶりました。

それから、授業の合間は必ず図書館に行くようになりました。本を借りる目的もあったけど、麻尋くんに会いに行くのがメインだったような気がします。

ヘタレな僕は、いっこうに声をかけられません。何かきっかけがないかと思いながら通う日々が続きました。

そんなとき、〝読書会開催〟のポスターを見かけたのです。麻尋くんが毎回読書会に参加するということは、新奈さんとの会話で知っていたので、自分も参加すれば仲良くなれるかもしれないと考えました。

そのときは「やっほー」という感じで、あまり詳細を見ずにネットで予約を入れました。

しかし、すぐに予約を取り消しました。

だって、その日は日曜日。バイトが入っていたのです。


どうにか麻尋くんと仲良くなれないか、そればかりを考える日々が続きました。一方で、声をかけることもできないなんて、と情けなくなりました。普段は、相手がどんな人でもフランクに話しかけられるのに、麻尋くんを前にすると、どうしても勇気が出ませんでした。僕は以前、勇気を出したことで親友を失くしたことがあります。それ以来、人ときちんと向き合うことができません。

そんなとき、新奈さんに声をかけられました。

「君、最近よく来てくれるね。よかったら、今度の読書会に参加しない？」

「いや、バイトがあるんすよ」

「誰かに代わってもらうとかして休めないの？」

「うーん。たぶん、無理ですね」

「そっか。なんのバイトしてるの？」

「ラーメン屋です」

「へえ。オススメはなぁに？」

「昔ながらの中華そばです」

「いいねぇ。食べてみたいな」

「あ、是非是非。来てください。サービスしますよ」

「お店はこの近く？」

「ちょっと歩きますかね」

「どのあたり？」

新奈さんはとても気さくで話しやすい人でした。そして、とっても勘のいい人でした。

僕の、麻尋くんへの気持ちに気づいていたのです。

その翌日か、翌々日くらいでした。新奈さんが僕のバイト先に来てくれたのです。息子さんと、お友達母娘（おやこ）と一緒に。そのとき、女の子が盛大にラーメンをスカートの上にこぼしてしまい、先に帰ってしまうというハプニングがありました。

ラーメン屋はじいちゃんとばあちゃんがやってる店で、古くて今にもつぶれそうな小さな店です。はっきり言って小汚いし、特別おいしいわけでもありません。近所の常連さんがふらっと来るような店です。

僕は、じいちゃんとばあちゃんの体が心配なので、授業のない日はできるだけ手伝うようにしています。

新奈さんは、じいちゃんとばあちゃんともすぐに仲良くなりました。じいちゃんの長い昔話にも付き合ってくれました。じいちゃんはいつも、有名なプロ野球選手に書いてもらったサインや写真をたくさん見せてきます。学生時代から知っているんだ、と自慢していますが、僕は一度も会ったことはありません。

「日曜日、読書会行けるみたいよ」

新奈さんが笑顔で言いました。

じいちゃんとばあちゃんは、にこにこと僕の顔を見てきます。にやにやと言ったほうがしっくりくるかな。

そこで何かの交渉があったようですが、僕にはわかりません。たぶん、僕がバイトを休めるように、新奈さんがお願いしてくれたんだと思います。

結果的に言うと、読書会には参加できませんでした。

読書会の当日、昼前にじいちゃんから電話があったのです。

「今すぐに来い」と。「いや、無理だよ……」と反論すると、「つべこべ言わずにすぐに来い」と呼び出されてしまいました。

何がなんだかわからないまま、僕はじいちゃんの店に向かいました。その日僕は、むしゃくしゃしていて、ホールには一度も出ず、皿洗いをして過ごしました。

それからしばらくして、新奈さんが亡くなったことを伴さんから聞きました。

あまりに急で、僕は理解が追いつきませんでした。あんなに元気だったのに、と。

きっと、そのことは麻尋くんの耳にも入っていたと思います。ため息をつく姿を何度も見かけました。ショックだったんだと思います。図書館内で、麻尋くんが困ったことがあると声をかけ、優しくサポートしていた新奈さんがいなくなったのです。知り合って間もない僕でさえ悲しいのだから、麻尋くんはもっとつらいだろうなと思いました。

今だ、と体が自然に動きました。僕がなんとかしなきゃいけないと思ったのです。

「あ、これ落ちましたよ」

ニューヨークヤンキースのキャップを差し出しながら言いました。

僕は嘘つきです。本当は、落ちてなんかいません。机の上に置かれていたキャップを落ちたかのように装っただけです。目の見えない人にこんなふうに話しかけてはいけないことはわかっています。でも、他に思いつきませんでした。

「あ、どうもありがとうございます」

キャップを手渡すときは、嘘がバレていないかドキドキしました。

麻尋くんが僕の存在に気づいたのはそれが初めてだと思います。

だって、麻尋くんは目が見えませんから。僕がずっと目で追いかけていたなんて知らないでしょうから。

キャップを拾ってお礼を言われて沈黙……。声をかけたはいいけれど、その後どう話を続けていいかわかりません。ぼーっと突っ立っていると、麻尋くんがヘッドホンを装着しようとしたので慌てて声をかけました。耳を塞がれてしまってはこれで会話が終わってしまうと焦りました。

「あの！　閲覧室で何か調べものですか？」

知っているのに知らないふりをして訊きました。

「いえ……。音声図書って知ってます？　音で聞く読書。自分、目が見えないんですよ」

麻尋くんの視線は宙を彷徨っています。僕の顔を捉えようとはしない。

「へえ。ちなみに、どんなの聴いてるんですか？」

話を終わらせてはいけないと、つなげるのに必死でした。

「あさのあつこのバッテリーです」

麻尋くんはスマホの画面を僕に見せてきました。そこに表示された文字を見て、一気にテンションが上がりました。

思わず、「タイムリーツーベースヒットだー」って心の中で叫んでしまうほどに。

運命だと思いました。

「あ、それ、こないだ読んだばっかりです。おもしろかったな」

うれしくて、興奮して喋ってました。

「ほんとですか？　野球は好きですか？」

「はい。大好きです」

そのとき、僕も麻尋くんも敬語でした。僕は麻尋くんが同年代ということはわかるけど、麻尋くんにはそれがわかりません。なんだか、奇妙だけどそれはそれで楽しいことなんじゃないかと思いました。

僕は、ハッキリ言ってイケメンじゃないし、麻尋くんの目を直してあげられるようなお金もなければ技術もありません。ただの学生です。男としてのスペックも人間としてのスペックも高くない。

だけど、麻尋くんにとってのヒーローになることはできるんじゃないかなと思いました。大袈裟な言い方だけど、麻尋くんを助けてあげる存在になることならできるんじゃないかと考えたのです。

つまり、新奈さんの役を僕が引き継ごうと思いました。

「こ、困ったことがあったら言ってくださいね。なんでもしますから」

露骨に優しくされるのを嫌がる人もいます。どうか、気を悪くしないでと祈りながら言いました。僕にとってはかなり勇気のいる行動でした。

「もしよかったらなんですけど、小説を読んでもらえませんか？　冒頭の部分だけでいいので」

麻尋くんが僕にお願いをしてきたときは嬉しかったな。

「もちろんです」

答えたものの少し戸惑いました。

僕は、自分の声があまり好きではありません。意識してるわけではないですが、やたらと甘くて響く声質のようです。

野球を辞めたのもこの声が原因です。僕だけ、野球部特有の野太くて男らしい声が出せなかったのです。どういうわけか、声変わりをしなかったんです。「おまえの声、女みてぇでうざいんだよ」と先輩に怒鳴られたことがありました。

先輩からのいじりだけなら耐えられたかもしれませんが、下級生にもいじられるようになるともう無理でした。辞めようと思いました。そのことを、同じ野球部で親友のYに相談すると、「もったいない」と引き留めてくれました。そして、「どうして好きなことを諦めなきゃいけないんだ」と続けたのです。Yが野球のことを言っているのはわかっていたけど、高揚して、思わず自分の気持ちを吐き出してしまいました。

『実は、僕、Yのことがずっと好きだったんだ』

Yの顔が徐々に険しくなっていくのを見て、告白したことを激しく後悔しました。「ごめん。今の冗談」と言ったけど手遅れです。後日、先輩と一緒にYが、僕の声真似をして笑っているのを見てしまいました。

もうそうなったら、辞めるしかないですよね。気まずくなるのは明らかでしたから。

野球を辞めるということは同時に夢をなくすということです。自分はどこに向かって生きていけばいいんだろうと自問自答しているときに出会ったのがライトノベルでした。

自分もこんなふうに物語で人を感動させたいと思って専門学校に入学しました。そこで出会った小説家の先生に勧められてやって来た図書館で、僕は麻尋くんを見つけました。

「素敵な声だなって思って……」

麻尋くんのひとことで僕を押さえつけていた何かが開放されました。それと同時に、自分はやっぱりこの子が好きだなと実感しました。それまで曖昧だったものがはっきりとしました。まちがいないと確信しました。

先生の言った通り、無駄なことなんて何ひとつないんだなと思いました。すべて、つながってるんだなって。

「あ、ありがとうございます」

「あなたの声で、物語を聞いたらきっと楽しいと思うんです。だから、お願いします」

ぺこっと頭を下げて、髪をかき上げる仕草にぐっときました。僕は一度も髪を伸ばしたことがありません。ずーっと小さい頃から毬栗頭です。髪を伸ばしてみようかな、なんてそのとき少しだけ思いました。

『おろち峠を越えると、山の斜面には、まだ雪が残っていた。右側には――』

僕は、ゆっくりとしゃがんで麻尋くんの耳元で囁くように『バッテリー』を音読しました。何せ、場所は図書館ですから、大きい声は出せません。僕たちはひそひそと話します。

顔を寄せ合って話せるっていいですね。図書館の醍醐味ってこれかなって思いました。

「ああ、すごいっ」

麻尋くんが感動したと言って喜んでくれました。

「えっとぉ、自分、早乙女麻尋と言います。二十歳です。今、スポーツ整体師になる勉強をしています」

「えっと、自分は……ハっ……」

麻尋くんの自己紹介のあと、僕も名乗ろうと思いました。だけど、変なプライドが邪魔してしまいました。僕はいつだって、自己紹介で失敗します。名前を言うたびに笑いが起こってしまうのです。

ハゲテルマなんてふざけた名前、ふつうはつけないでしょう。もちろん、両親だってそこらへんは考えていたと思います。生まれたときの僕の名前は氷室輝馬でした。どこのアイドルかよってくらい最高にかっこいい名前だったんです。

ところが、両親の離婚により、母方の旧姓に変わってしまったことが悲劇の始まりでした。

「ハゲテル」僕はそうやっていつもからかわれました。残念なことに先生も太刀打ちができません。ハゲは悪口だけど、僕に対してハゲと言うことは悪口にはなりません。「しょうがないよね、そういう名前なんだから」って相手は言い逃れできちゃうんです。

そこからは開き直るしかありませんでした。いじられる前に自分から自虐的に自己紹介をする、という方法で乗り切ってきました。

だけど、このときばかりはそうはいきませんでした。名乗りたくないなって思ってしまったんです。

それが、本当の悲劇の始まりだったのかもしれません。

「ハモウです。漢数字の八に毛糸の毛でハモウ。下は……テルマ。同じく二十歳です。専門学校で文学について勉強しています」

自己紹介文を添削した結果、こうなってしまいました。恥ずかしさと自信のなさから、自分が作家志望であることは言えませんでした。

「あ、タメなんだ。なんて呼んだらいいかな?」

同い年とわかると、麻尋くんの口調は一気に砕けた感じに変化しました。

「テルとかテルちゃんってみんなには呼ばれるかな」

「じゃ、テルちゃん。よろしく」

「こちらこそ、よろしく。麻尋くん」

これでもっと仲良くなれるだろうと思いましたが、そうではありませんでした。

「でも、びっくりしたな。声の感じからすると、もっと年上のお姉さんかと思ったから」

「……」

絶句しました。

だけど、すぐにそうか、と納得もしました。だって、麻尋くんは目が見えないのですから、僕を女性だと勘違いしても不思議ではありません。新奈さんは女性でした。女性だからこそ、気遣いや気配りが上手にできていたのでしょう。先入観ってやつでしょうか。麻尋くんだって、同年代の男子よりちょっとお姉さんのほうが色々と都合がよかったのかもしれません。

そう思うと、なかなか自分が男だと言い出せませんでした。

帰り際、麻尋くんと連絡先を交換しました。僕たちはボイスチャットを一日に百件ほど送り合います。麻尋くんは、僕が送ったメッセージを何度もリピートして聴いているそうです。

「テルちゃんの声、好きだな」

もっと喜んでほしいと思って、一週間ほどかけて『バッテリー』の録音を終えました。

音声データをUSBに入れて、図書館へ向かいました。

お揃いのニューヨークヤンキースのキャップが僕たちを特別な関係に見せているでしょう。そう思って閲覧室に入ると、麻尋くんは大胆なイメチェンをしていました。肩まであった髪の毛をバッサリと切り、だぼだぼのスケーターファッションからスタイリッシュなモード系のパンツスタイルに変えていました。麻尋くんの整った顔立ちがより一層際立っています。

「おとなっぽくなったね」

僕が言うと、麻尋くんは頬を赤らめてうれしそうにはにかみました。その表情は、恋をしている人のものです。嘘なんてつかなければよかったと後悔してももう遅い。

そのとき初めて〝切ない〟という感情を知りました。これは、日本特有のもので、外国にはない言葉だと授業で習いました。

先生、切ないは苦しいです。

いつ本当のことを打ち明ければいいのでしょう。

「僕は、君（あの子）のことが好きだ」

そう、彼に伝えたい。

第九章「ミッション・イン・チョコミントトリュフ　八毛クルミ」

「おまえは、ただ息をしてるだけでいい」

八毛クルミは上司に怒鳴られながらぼんやりと窓の外を見つめていた。

「おい、ハゲ。聞いてるのかっ⁉」

バーコード頭の剛田課長が机の脚を蹴った。クルミはさっきのひとことが脳内を何度もリフレインして、それ以降の言葉が入ってこない。スーハーと呼吸を繰り返す。

バーコードの先っちょがエアコンの風に乗ってふわりと揺れていた。自分のミスで怒られているのに、目の前の光景がおもしろすぎてついニヤけてしまったのがよくなかった。いつも以上にヒートアップした課長のお説教が続く。

同僚の失笑と憐みの視線が痛い。ハゲてる課長が八毛という名の女性社員を罵倒している。これは、セクハラですか？　モラハラですか？　それとも人権侵害ですか？

エントリーシートは百社以上送った。そのうち、面接まで漕ぎつけたのはたったの五社で、内定をもらったのは名前も聞いたことのない食品会社だった。

Ｆラン大学卒で都内に就職できるだけでもありがたく思いなさいと母は言っていたけど、たぶんどこに行っても自分はこういう扱いを受けるんだろうなとなんとなくわかっていた。

小学生のころから、自己紹介をするたびに笑われる。

「あいつ、ハゲだって」

クラスで大爆笑が起こる。先生がそれを露骨に注意する。

子供って素直。子供って正直。子供って残酷。

喋ったこともない、名前も知らない先輩や後輩から突然声をかけられる。

「ねえ、ハゲさん」

名前を呼ぶ前からくすくすと笑い声が聞こえる。

返事をすると、また笑われる。

——わたしが何をしたって言うの？

なりたくてなったわけではないから、母を責めるのはお門ちがいだけど、責めずにはいられなかった。

『なんで離婚したのよ』

まさか、離婚の原因が自分だとは知らずに母をなじった。

『あんたが余計なこと言ったからよ』

酔った母が漏らした。

クルミが六歳になったばかりの頃。

〝お父さんのお友達の猫のおばちゃん〟からもらったイミテーションのネックレスを母に見つかった。ポシェットの中から取り出して、お気に入りの人形の首に下げて遊ぼうとしたときだった。

「それ、どうしたの？」

「えっと……もらった……」

「誰に？」

隠さなきゃ、と焦ったのがよくなかったのかもしれない。母の鋭い視線が怖くて、どう言い逃れすればいいかわからず口ごもった。

クルミがほしいと駄々をこねて手に入れたそれを、父は「お母さんに見つからないようにしなさい」と言って渡した。

口止め料なんて子供のクルミにはわからない。

まして、〝お父さんのお友達の猫のおばちゃん〟が父の浮気相手だったなんて。

父は、クルミと出かけると母に告げて、その浮気相手の家へ行っていた。スナックのママをしていたその女は、昼間っからスリットの入った下着みたいなドレスを着ていた。毛がふさふさした真っ白い猫を飼っていたから〝お父さんのお友達の猫のおばちゃん〟と呼んでいた。

父だって、娘がポロリとこぼしたひとことで浮気がバレるとは思っていなかっただろう。

だけど、女の勘を舐めてはいけない。母は、あっという間に父の浮気を見抜いた。

そして、氷室（ひむろ）クルミから八毛クルミになった。

しょうがない。名前が変わったあの日からこの言葉を呪文のように唱えている。自分はそういう星のもとに生まれてきたんだと。高望みなんてしない。普通もいらない。ささやかで健やかで穏やかに生きていきたい。ただ、それだけなのに。

課長はまだ、唇の端に泡を溜め、クルミに向かってネチネチと説教を垂れている。

「なんでこんな簡単なこともできないんだ。クルミ、臨機応変にやってくれよ」

クルミが配属されたのは本社にある備品管理課という部署で、社内で最も使えない人間の掃きだめのような場所と言われている。剛田課長は、元営業部でバリバリ働いていたらしいが、売り上げのためならどんなことだってするタイプの人間で、度重なる規約違反がバレてここへ飛ばされてきたという。

クルミは入社直後からここで働いている。今年で三年目になる。今までに上司は十回以上変わった。ここへ配属されてくる課長なる人物の退職率は、驚きを超えて呆れのほうが勝る。

何かしら問題を起こして飛ばされてくる人間もいれば、クルミのように能力的に配属され、ずっと居座る人間もいる。給料は安い、とみんな言う。だけど、クルミにとっては十分な金額だった。働きに見合った金額という点では十分ということ。

はっきり言って仕事は楽しくない。そんなのは当たり前だと思っているし、やりがいなんて見つけるつもりもない。

決まった時間に出社して、言われた仕事をこなし、決まった時間に退社して、まっすぐ家に帰ってペットと戯れる。夕飯は作り置きの総菜をチンして食べるのが定番。何もないときは、ほかほかのご飯の上に塩辛を載せて食べるのが好き。温かいお風呂に入って布団にもぐってYouTubeを見ながら寝落ちする。休みの日は、少し贅沢をしてウーバーイーツを頼んで一日中家でゴロゴロする。

これでいい。不安はあっても不満はない。

「あたしらってさ、天才的に鈍感だと思うんだよね」

同期の桜子ちゃんが言う。桜子ちゃんは、結婚までの腰かけだからと清々しいほど開き直っている。ほどよく仕事をし、ほどよくサボる。生理休暇だってきっちり毎月取っているし、サービス残業なんてクソ食らえ精神で生きている。上司や先輩からの嫌味にもスルーできるところは見習いたい。

すべては幸せな結婚のためという。年中婚活パーティーに参加しては「昨日もレベル低かったわ」とぼやいている。お眼鏡にかなう男はそう簡単には見つからないらしい。

クルミも、桜子ちゃんほどではないにしても、腰かけのスタンスは変わらない。さっさと結婚してこの名前から逃れたい。だけど、昔から恋愛は苦手だ。名前を変えたいという思いは人一倍強いけれど、結婚願望が強いかというとそこまではない。

母が女手ひとつで苦労した背中を見てきたせいか、結婚というものに憧れを持っていない。まあ、いい人がいればくらいの気持ちでいる。

桜子ちゃんからはいつも「そんなに甘くないよ世の中」とお叱りを受けるけども。

「クルミってさ、どんな人がタイプなの？」

「えー。そうだな。がんばらなくても大丈夫だよって言ってくれるおおらかな人、かな」

「何それ。あんたががんばってるとこなんか見たことないんだけど。てかさ、そんなふたりから生まれてくる子供、かわいそくない？」

桜子ちゃんには遠慮がない。小学生の男子くらい素直で残酷なことを平気で言う。ある意味ウラオモテがなくていいのかもしれないけど、たまに傷つく。

「桜子ちゃんは、３Ｋのイケメンを探してるんだっけ？」

　高学歴、高身長、高収入の３Ｋ。それでいて、顔も性格も素晴らしい男がいいらしい。天然記念物というか絶滅危惧種的なレアキャラを探すくらい難しいと思うけど、なんて口が裂けても言えない。だって、桜子ちゃんは本気だから。

「そうだよ。結婚したらラクしたいじゃん。かわいくて優秀な子供ほしいじゃん。そのためにがんばってるんだから」

　桜子ちゃんの志は高い。そこまではっきりと宣言できてしまうところはうらやましいなと思う。クルミは、〝彼氏いない歴＝人生〟の自分を受け入れてくれる人を探している。

　さきほど剛田課長に「見事に全部まちがっている」と叱られた在庫チェックシートを桜子ちゃんに見せながら、「運命とか信じる？」と訊いてみた。

　最近、弟が運命の出会いをしたと言っていたので、桜子ちゃんにも訊いてみたくなった。クルミは、そんなものはドラマや映画だけの話だと思っている。

「そりゃ、信じるよ」

「え？　そうなの？　桜子ちゃんはそういう曖昧な価値観で生きていないと思ってた」

「理想の男が目の前に現れたら、誰だって運命だって思うでしょう」

桜子ちゃんは、理想の男が現れたら必ず落とせるという自信があるのだろう。クルミは、現れたところでどうすればいいのかさっぱりわからない。

恋愛経験が虫以下といっても過言ではない。告白したこともされたこともないし、バレンタインに義理チョコを渡したこともない。男友達すらいない。いいなあと思う人ができても、それが好きという気持ちまで昇華せず、いつのまにか消えているということが多かった。

「実はさ、運命の人に会っちゃったんだよね」

「いつ？」

「昨日」

「どんな人？」

「大手出版社の編集者」

クルミが知りたいのは職業ではなくて、どういうところに運命を感じたのかってことだったのに。

「そっか。よかったね」

「うん」

桜子ちゃんはスマホを取り出してゼクシィのアプリを開いた。

就業時間が終わると、長いため息をつく。大した仕事はしてなくても、疲れるものは疲れるのだ。

何ひとつがんばっていないけど、自分へのご褒美と称してコンビニのスイーツを週に一回だけ買う。新作のスイーツレポをSNSに記録用としてアップしている。フォロワー数が最近増えてきたけど、あまり気にしていない。DMも開放していないし、コメントも封鎖しているから変な人に絡まれることもない。とにかく波風を立てずに穏やかに過ごしたい。

帰宅後は何もしたくないから、元気があるときに一気に作って小分けにして冷凍したものをチンして食べるのがクルミ流。節約にもなるし、一石二鳥である。

アパートは2DKと広めだけど、かなり古い。ペットと一緒に住める家を探すのは大変で、新築の物件は全部アウトだった。キラキラOLが住んでいそうなオシャレなマンションには家賃が高くて住めないので、駅からかなり遠くて築年数三十年のボロアパートに決めた。

住めば都とはよく言ったもので、日当たりはいいし、近所には激安のスーパーもあるし、自転車をマッハでこげば駅まで二十分で行ける。

大家さんに、「どうせあんたが出てくとき、リフォームするから部屋は好きにしていいよ」

と入居のときに言われた。ホームセンターと百均で買ったものでDIYを施したおかげで、内装はまあまあかわいい感じになっている。

モモンガのチョコとミントと暮らしている。黒っぽいのがチョコで白っぽいのがミント。ホームセンターのペットコーナーで一目惚れしたのがふたりとの出会い。

父の一件以来、すっかり猫がトラウマになってしまったが、ペットを飼ってみたいという気持ちはあった。ひとり暮らしをしたら、犬を飼おうと決めていたけど、クルミの稼ぎではとても買える金額ではなかった。その点、モモンガはお手頃だった。

生活費は削りに削って、チョコ&ミントのために貯金をしている。この子たちがいればそれでいいと思えるほど、癒しを与えてくれる。

冷凍カレーと冷凍ご飯をチンしている間に部屋着にチェンジ。十年選手となったジェラートピケもどきのもこもこパジャマは最高に肌触りがいい。

「いただきます」

この部屋にテレビはない。スマホを固定して動画を見ながらカレーを食べる。

そこへ、着信が鳴った。弟の輝馬(てるま)からだった。

「今、家？」

「うん」

「ちょっと、行っていい？」

「また今度にしてよ。明日も仕事だし」

「そんなこと言わずにさ。話聞いてくれよ」

「じゃ、電話で聞く」

輝馬は実家暮らしで、今は専門学校に通っている。小説家を目指しているらしいけど、専門学校を卒業すれば資格みたいなものが取れるのだろうか。家が破産するのではないかというくらいの授業料を支払っているらしく、もちろん母にそんなお金はないので奨学金で通っている。作家デビューしたら一気に返済できると豪語していたけど、それこそ桜子ちゃんの言葉を借りて言いたい。「世の中そんなに甘くないよ」と。

でも、夢があるだけまだマシだ。クルミにはそんなものはない。あるのは奨学金という名の借金だけ。返済が終わるのは、約二十年後。姉弟揃って、奨学金地獄だ。

「こないだ話した子いるじゃん。図書館で見かけるあの子」

儚げな横顔が美しい子だと言っていた。

「ああ、うん」

輝馬は、なぜか恋愛相談を姉にしてくる。まあ、クルミが男性経験ゼロだとは知らないから仕方ないけれど。

「どうすれば、仲良くなれるかな？」

「とりあえず、声かけなきゃ始まんないでしょ」

壁に飾った【とりあえず一歩】という文字を見て言った。いつごろだったか、路上で『書』を配っているおじさんにもらったものだ。クルミの顔を見るなり、筆を走らせると「あなたの座右の銘にいかが?」と言ってきた。

変な人だなと思いながら、なんとなく気に入ったので壁に貼ることにした。

「それはわかってんだけどさ、タイミングとかきっかけとかわからなくて」

「その子が読んでる本と同じ本読んで、おもしろかったですねみたいな感じで話しかければ運命感じるかもよ」

「いや、その子がどんな本読んでるかなんてわかんないよ」

「なんで?」

「こないだ言ったじゃん。その子は目が見えないんだよ」

「あー、そっかそっかそうだったね」

「どうしたらいいと思う?」

「きっと、絶好のタイミングってのはふいに訪れると思うんだよ。もし、それが運命ならね。今だ! って瞬間がいつか来るからそれまでは気持ちを温めときな」

なんだかよくわからないアドバイスをしてしまった。まあいいか、と思いながらコンビニで買ってきたやわらかショコラシューを冷蔵庫から取り出す。

「運命の瞬間が来るの? ほんとに?」

「たぶんね」

適当に返事をする。そう、今流行りのテキトーってやつ。

輝馬は、「わかったー。ありがと」と言って電話を切った。単純で素直。我が弟ながら素晴らしい美点だ。

ショコラシューをカメラでパシャリ。皿の上に載せてまたパシャリ。断面を見せてまたパシャリ、といくつかのアングルで撮ってから試食する。

「うん。おいしい。でも、リピはないかな」と、ちょっと辛口のコメントを書いてSNSにアップした。

「今季最大の猛暑日」。スマホの画面に出てきたニュースを見ながら、日傘持ってくればよかったなと満員電車の中で思った。中釣り広告には、花火大会の告知が並ぶ。毎週末のようにどこかで花火大会があるなんて、世の中のカップルは忙しいなと思った。

花柄の浴衣を着て、ヨーヨーぶら下げて、ふたりでたこ焼き突(つっ)ついて、下駄の鼻緒が少し痛くて彼氏に絆創膏(ばんそうこう)貼ってもらって、それでも痛いから帰りはおんぶして送ってもらう、なんて少女漫画みたいな妄想を繰り広げる。そんな贅沢なこと、自分にもいつか訪れるのだろうか。

会社に着くなり、桜子ちゃんが「クルミ、大変」と叫びながら手を引っ張った。

「痛いよ」

「見て」

「……」

社内掲示板の前で絶句した。

転勤の辞令だった。しかも、北海道。額に流れる汗を拭きながら、「北海道は涼しいだろうね〜」とおどけてみた。そうでもしないとまともに立っていられないと思ったから。

「剛田のやつ、マジでむかつく。クルミのこと生贄にするつもりだよ。自分が飛ばされないように」

剛田課長が会社の経費をちょろまかしているという噂は前にあった。桜子ちゃんはそのことを言っているのだろう。

汗がおさまったところで辞令をよく見てみる。

「流刑地じゃん」クルミがつぶやくと、剛田課長と目が合った。

富良野市にある在庫管理センターに移動しろと書かれていた。あそこは墓場だとか島流しだとか、いい噂を聞かない。各支社から送られてきた在庫の管理を永遠とさせられる部署で、機械のように毎日チェックをしなければならないという。屋根があるだけマシと言われる倉庫内で、しもやけに耐えながら作業をするらしい。自主退社を促されているのだとわかった。♪ルールルルル〜と脳内に『北の国から』のメロディが流れる。

北海道はおいしい食べ物がたくさんある。魅力的な町だと思う。だけど、クルミはどうがんばってもできない業務がある。

同じ色形のものを数える作業が壊滅的に遅い。とくに、別の作業をしながら合間にものを数えろと言われるともうダメだ。途中でどこまで数えたかわからなくなる。いっぺんにふたつ以上のことができない。

——臨機応変

世界一難しい技だと思う。

こないだ剛田課長に怒鳴られたのもそれが原因だった。今までは業務の一部だったし、桜子ちゃんに手伝ってもらいながらなんとかできたけど、北海道に行ってそれをひとりでできる自信はない。それに、今のアパートを離れるとなったら、寒さに弱いチョコ&ミントはどうすればいいのだろうと不安になった。

一時間ほど考えて結論を出した。

よし、会社を辞めよう。

ドラマみたいに、辞表を叩きつけて今日付で退社なんてことはできないから、具合が悪いと言って早退させてもらうことにした。今後の身の振り方を考えなければならない。次の仕事も探さないといけないし、貯金でどのくらい生活できるかも計算しないといけない。

街中は、夏休みを楽しんでやるぞというギラギラした若者たちで溢れている。人通りが多くない場所、でもひとりぼっちにはならない場所を探し求めてふらふらと歩く。気づくと、古書店の多い町を彷徨っていた。

お腹は空いていなかった。ちょっと涼みたいと思って、喫茶店風の古書店に入った。『チョコミントティーあります』の文字に惹かれた。本棚が三台とこぢんまりした店だった。申しわけ程度のカウンターがあって、立ちながらドリンクを飲むスタイルのようだ。

「チョコミントティーください」

おじいちゃん店主が「ごめん。今日はやってないんだ」と目を伏せながら言った。

「え……」せっかく入ったのに、と落胆しているとお冷を出してくれた。

「ありがとうございます」

店主はスツールに腰かけると競馬新聞を広げた。用がないならさっさと帰れということだろう。

生ぬるいお冷一杯だけでは体の火照りはおさまらない。なんだかついてないことばかりだな、とため息が出る。何気なく本棚に視線をやった。クルミが手に取るのはもっぱら自己啓発本で、『心を整えるための十の法則』とか『がんばらない生き方こそ健康の秘訣』とかそういったタイトルのものが多い。

今の自分にぴったり寄り添ってくれる本はどれだろうと棚の上から順に視線で追ってみた。

そこで、ある一冊の本に視線がいった。

『明日、死にたくなったら』

不吉なタイトルだけど、気になって手に取ってみた。中をパラパラとめくってみると、自死の方法がたくさん書かれている本だとわかった。苦しまずに自死できる方法なんてものが載っていたりする。

こんなの誰が買うんだろう？　ダメだ。今こんなの買ったら、自分は本当にあっち側に導かれてしまう。本を棚に戻して外に出た。

ちりんちりんと後方から自転車のベルの音がしたので左に避けたら、前から歩いてきた人と肩がぶつかった。剛田課長と同い年ぐらいの小太りのおじさんだった。

「ぼーっと歩いてんじゃねーよ」

クルミが悪いわけではないのに、キレられた。「すみません」と小さく謝る。駅に向かって歩いていると、肩の上で何かがバババッと音を立てて降ってきた。なんだこれ、と思ったら鳩の糞だった。早く洗わなきゃと思ってコンビニに駆け込んだら、手洗い場で中学生くらいの男の子に「きたねぇ」と吐き捨てられた。ハンカチで肩を拭いて外へ出ると、また誰かにぶつかられた。今度は「邪魔なんだよ」と睨まれた。「すみません」と謝ると、舌打ちをされてしまった。

今日は、なんて日だ。

ついてないだけかな？

自分が悪いのかな？

厄除けにでも行ったがいいかな？

心臓がぎゅーんと潰されるように痛い。暑さのせいか、ふらふらと体が浮くような感じがする。帰らなきゃ。でも、帰りたくない。

気づいたときには、さっきの古書店の前まで戻っていた。深呼吸をして中に入る。『明日、死にたくなったら』という文字をじっと見つめた。今が買い時だ、と思った。こんな日にぴったりの本だ。

自死なんてする気はない。そんな勇気はたぶんない。だけど、お守りに持っておきたいと思う。最悪の状況を想定しておけばそれ以上のことはもう起こらないんじゃないかと思ったのだ。

意を決して手を伸ばした瞬間、誰かの手と重なった。

「あ」とお互いに目が合う。ドラマならば、ここで素敵な男性と運命の出会いをするところだ。しかし、そんなことが起こらないのがクルミの人生である。

高校生くらいの髪の長い女の子だった。ワンレングスに切れ長の目が印象的で、健やかな体をしていた。自死なんてものには程遠い瑞々しさが溢れている。

クルミは、負けてたまるかと手を伸ばし、その本をもぎ取った。

勝った。

そのままクルミはカウンターに歩いていく。あの子も、何か嫌なことがあったのかな。失恋かな、なんて考えながら会計を済ませた。

店を出ると、女の子が何か言いたげにクルミのことをじっと見ていた。

「あなたには、未来があるでしょう」

吐き捨てるように言って、駅まで走った。みんな、つらい思いを抱えて生きているんだと思うとほんの少し気持ちが楽になった。

さすがに電車の中で読むのは憚られるので、帰宅してすぐに本を広げた。なかなか読み応えのある本だったけど、自死しようという気にはならなかった。別に、自死を勧める本ではなかったのだ。その逆で、自死についてきちんと考えるきっかけを与えてくれる本だった。

八月も残りわずか。三年勤めた会社を辞めた。今まで使っていたデスクの整理や、引継ぎ等はほとんど桜子ちゃんがやってくれたので、クルミがわざわざ出社することはなかったけど、挨拶をするために出向いた。

「今までお世話になりました」

頭を下げると、ぱらぱらと拍手が鳴った。剛田課長のバーコードが今日もエアコンの風に揺られている。まだまだ残暑が厳しい。

「クルミ、おつかれさま」

桜子ちゃんが最後に労いの言葉をかけてくれた。

ありがとう。今までなんとかやってこられたのは桜子ちゃんのおかげだよ。

「また、ご飯行こうね」

桜子ちゃんに見送られ、会社を後にした。

そのまま帰る気になれず、また古書店街へ向かった。バッグの中には、例の本が入っている。家に置いておくのもなんとなく気分がよくないし、かといってこの本を古本の古本として売ってもなあと思いながら歩いていた。

『チョコミントティーあります』の貼り紙が『ミントティーあります』に変わっていた。

チョコはどこへ消えたんだよ、どうせ置いてないくせにと悪態をつく。

「あの……」

後ろから声をかけられて振り向くと、ボブカットの女の子が立っていた。誰だろうと思って顔をよく見ると、こないだ本を取り合った女の子だった。

「髪、切ったんだ。似合ってるね」

片手で庇を作りながら言う。決してお世辞ではない。

「……」女の子は、こくりと静かにうなずく。

「また、会うとは思わなかったな」

ぼそっと漏らすと、彼女が口を開いた。

「あの本、探してるんです。ふつうの本屋では売ってないし、ネットで買うと親に見つかっちゃうし」

「ああ、あれね」

バッグの中をちらりと見る。渡していいものか逡巡していると女の子が言った。

「あたし、先日姉を失くしたんです。自死かもしれないんです。なんで死んだのか、知りたいんです。お願いします。譲っていただけませんか?」

強いまなざしで見つめられて、ぐらっと眩暈がしそうだった。女の子の真剣な表情に嘘はない。渡しても大丈夫な気がした。

「がんばってね」

思わず出てきた言葉に力が抜ける。自分が一番嫌いな言葉だった。

女の子は、「お姉さんも」と言って踵を返した。

九月になった。会社は辞めたけれど、次の仕事は見つからない。やりたいことが明確な人って羨ましい。クルミはやりたいことどころかできることも少ないので、苦戦が続いていた。

電子レンジで冷凍ご飯を温める。今日はふりかけにしとくか。コンビニスイーツすら買えなくなってしまったと嘆いていると、輝馬から電話がかかってきた。

「今から行っていい？」

「んー。今日はちょっと疲れてるから、また今度にしてくれる？」

何もしていないのに、毎日疲れている。ひまってしんどい。

「まだ仕事見つかんないの？」

「うん。就活生に逆戻りだよー。もう足がパンパン」

忙しいふりをする。

「今日さー、めっちゃおいしいチョコレートもらったんだよ。姉ちゃん食べるかなぁと思って」

弟よ、姉の扱いがうまくなったな。その言葉はキラーフレーズだよ。クルミはチョコレートには目がない。めっちゃおいしいなんて言われたら、食べてみたいと思うに決まっているではないか。

「今すぐおいで」

電話を切るなり、ふぁっとビーズクッションの上に寝転がった。そして、チョコ&ミントを頭や肩やお腹の上に載せて遊ぶ。

この時間が最&高。

実家から出てくるなら、クルミのアパートまで一時間近くはかかるだろうと思っていたら十分もしないうちにピンポーンと鳴った。

「早かったね」

「うん。もう、そこまで来てたから」

輝馬は一瞬こちらに視線を向けたけれど、またスマホに視線を戻した。小説のネタでも思いついたのか、考え込むような顔をしたり、何か文字を入力したりと忙しない。耳にはイヤホンが刺さっている。

「あ、お邪魔します」

輝馬が慣れた感じで部屋に入ってくる。ソファに腰を下ろしてもまだスマホと睨めっこだ。

「あんたさ、人ん家に来てそれはないんじゃない?」

顔を覗き込むと大きな声で説教を垂れる。

「ごめんごめん。もうちょっと。あと三人分」

る。

「姉ちゃんもこれ聞きなよ」

イヤホンをはずし、スピーカーモードに切り替えた。女の人が喋っている声が流れてく

「三人分て何？」

「ラジオ？」

「うん。俺の小説の先生がやってる番組なんだ」

「で、三人分って何？」

「次の放送のメッセージを送るんだよ。ざっと十人分くらいあればいいかな」

「なんで？　そんなに採用されたいの？」

「ちがうちがう。採用率は１００％だよ。メッセージを送るリスナーが減ってるんだ。だから俺が十人分送るわけ」

「なんで？」

「そりゃ、誰もメッセージ送らなかったら先生が悲しむじゃん」

「頼まれたの？」

「まさか。こっそりやるのがいいんじゃん」

「あんたも大変だね」

「全然。十人分の小説のキャラ考えるいい勉強だよ」

勉強熱心なのかお人好しなのかどっちかにしてくれ。

「ほんで、チョコレートは？」

「あ、そうだった」とリュックサックの中から紙袋を取り出した。ぱふっと音を立てて出てきた宝石みたいなチョコレートは、アルミ缶に入ったチョコレートだった。

出てきたのは、アルミ缶に入ったチョコレートだった。

「食べていい？」

「どうぞどうぞ」

「あんたも食べるでしょ？　どれがいい？」

「俺は、ホワイトチョコだな」

「じゃ、あたしはこれ」

十二個入りで全部種類がちがう。手に取ったのは、まぁるいミントブルーのトリュフチョコ。どんな味がするのかワクワクしながら口に入れた。

「はぁ〜。何これ。おいひぃ」

おたがいほっぺたを押さえながら、とろけるような顔を見せ合う。

チョコレートってすごい。一瞬でこんなに幸せな気持ちにしてくれるなんて。

「あんた、これどうしたの？」

「ナンバーワンになったご褒美にもらったのさ」

自慢げに顎を突き上げる。

「小説の先生にもらったんだ。俺の書いた小説が一番よかったんだってさ」

「へぇー。あんたがねー」

弟に文才なんてあっただろうか、と思いながらまたひと粒チョコレートを口に入れた。

「これ最高。本当においしぃ」

どこのメーカーのチョコだろうと箱の底を見る。

「でさ、相談なんだけど、こないだ言ってた子、麻尋(まひろ)くん。やっと話せるようになったんだよ」

「よかったじゃん」

先日、輝馬から自分はゲイだとカミングアウトされた。驚きはしたけど、引きはしなかった。多様性を主張する今の社会の最先端にいるみたいで、少し羨ましいと思った。

「姉ちゃんの言った通り、絶好のタイミングが来たんだよ。今だーって声かけたらさ――」

輝馬が興奮して出会いの瞬間を話し出す。

「よかったよかった」クルミは満足げにうなずきながら、チョコを頰張る。

「それが全然よくないんだよ」輝馬が顔をしかめる。

「ん？　何か問題でも？」

「俺のことを女の人だと思ってるみたいなんだ。俺の声を気に入ってくれたのはよかったんだけど、どうやらこの声のせいで勘違いしたらしくてさ」

「ふーん」チョコレートがあまりにもおいしくて相槌をうつのももったいない。

「おまけに、イメチェンなんかしちゃってさぁ。それがまた、かわいいというかかっこいいというか」

「なるほどね。そういうミラクルが起こるわけか」

「感心してないでどうすればいい？」

輝馬は真剣な表情で訊いてきた。クルミには話が特殊すぎてどうアドバイスしていいかわからない。そもそも、ふつうの恋愛すらしたことないのに。

人を好きになって一喜一憂する感じ、羨ましいな。恋なんて、自分には贅沢すぎる。

「運命を感じたんでしょ？　だったら、本当のこと言えばいいんじゃん」

たぶん、誰に相談してもこの答え以外にないと思う。言うか言わないかは本人次第である。まあ、自分が輝馬の立場だったら何も言わずに去るだろうけど。

「実は男ですって？　そんなこと言ったら、もう終わるよ。せっかく仲良くなったのに」

「好きなんでしょ？　じゃあ、告白するしかないね。あんたの正体も気持ちもまとめてさ」

経験豊富な大人の女気取りでアドバイスする。

「簡単に言うけどさ、向こうにしてみたら相当ショックだと思うぜ。好きになった女性が実は男だったなんて」

輝馬は冷静に言う。確かにそうだ、とクルミは顔をしかめた。

「当たって砕けるしかないんじゃん？　だって、ずーっと嘘つき続けてもいつかバレるし、長引けば長引くほど相手を傷つけるんだよ。それか、潔くあんたが身を引くか」

「諦めるってこと？」

「そうね。その子を傷つけたくないなら」

「えー。そしたらもう会えなくなるじゃん。それだけは嫌だよー」

輝馬は頭を抱える。結局、結論は出ないまま終電の時間になった。

「じゃあ、俺帰る」輝馬の顔は冴えない。

「姉ちゃんは、あんたの優しいところ好きだよ。あんたが男でも女でもゲイでもなんでも」

そう言って背中を押してやるのが精いっぱいだった。

輝馬は、顔がいいわけでもないし、スタイルがいいわけでもない。だけど、姉のクルミからすると出来すぎるほど出来た弟だと思う。輝馬は、とにかく人のいいところを見つけるのがうまいし、さりげない気遣いやフォローがうまい。人の悪口は絶対に言わないし、噂話なんかにも興味がない。輝馬ほど優しい人間を見たことがない。

クルミ同様名前が変わっているのですぐにイジりの対象になるけど、それをすべて笑いに変えられる天才だ。小さい頃からそうやって、自己防衛反応が身についてしまったのだろう。

どうかうまくいってほしいと思う。ゲイであることが彼の人生にマイナスにならなければと願った。

それから一週間ほどして、輝馬から電話があった。きっと、恋の進捗状況を知らせる連絡だろう。

「あれからどうなった？」

「そんなことより姉ちゃんさ、仕事見つかった？」

質問はスルー。逆に質問されて言葉がつまった。

「ええっと……まだですが何か？」

弟よ、姉の心配をしてくれてありがとう。

「俺、姉ちゃんにぴったりの仕事を見つけたんだよ」

「あたしにぴったりの仕事なんてあるの？」

ワクワクして訊いた。

「コンビニのバイトなんだけど」

「えー。バイト？」

「コンビニってマニュアルがしっかりしてるから、臨機応変が苦手な姉ちゃんにはもってこいと思うんだけど」

「いやいや、コンビニなんて臨機応変の代表みたいなもんじゃん。いろんなお客さん来るしやることいっぱいありそうだし」

「大丈夫大丈夫。その店暇そうだから。それでちょっと、姉ちゃんにお願いがあるんだよ」

「何たくらんでるの？」

輝馬は妙な頼みをしてきた。

「スパイ、してくれないかな？」

「はあ？　あたしには無理だよ、そんな探偵ごっこみたいなの」

輝馬は、そのコンビニで働いている、とある男がどんな生活をしているか調査してきてほしいという。

「あんたがそこで働けばいいんじゃないの？」

「俺は、じいちゃんの店があるから無理だよ。今、すごいことになってんだぞ」

「すごいことって？」

「テキトーおじさんとかいう人がテレビでじいちゃんの店を紹介したんだよ。そのせいで全国からお客さんが押し寄せてさ、もう大変なんだよ」

「へぇ」

全然、知らなかった。そういえば、最近地元には帰っていない。

「だからさ、姉ちゃんお願い。行って来て」

「えー。誰か他の人に頼みなよ」

「これは姉ちゃんにしかできないミッションなんだ」

「なんであたしなのよ」

「姉ちゃんは、どっからどう見てもスパイには見えない。善良な市民の代表みたいなタイプだからうってつけなんだよ」

「やだよ」

「そこをなんとか」

「無理だって」

「お願い。一生のお願い」

いつになく、輝馬はしつこかった。とりあえず、目的を訊いてみよう。

「で、なんでその男の調査をしなきゃいけないの？　いったい何者なの？」

「詳しいことは言えないんだけど、とにかく頼むよ。姉ちゃんだって、仕事見つからなくて困ってんだろ。悪い話じゃないと思うけどなぁ」

輝馬が言ってることはむちゃくちゃだ。

「いやだってばっ」

「あのチョコレート、また食べたいだろう？」

ううう……。姉の扱いがうまいなぁ。

「じゃあ、とりあえずそのコンビニに行ってから決める」

翌日、さっそくそのコンビニへ行ってみることにした。

新宿のオフィス街の裏手にある、都心では見たことのないマイナーなコンビニ店だった。聞いていた通り、昼時だというのに客は少ない。

輝馬から聞かされた男の名前は『トカチ』。ワイルド系脱力男子と説明された。ワイルドなのに脱力系とはいったいどんな男なのだろうと思ったら、まさにワイルドな風貌の脱力感のある男だった。

背が高くて浅黒い肌に筋肉質な体、それと反するように声や態度が小さい。やや猫背気味なのも気になる。

店内のレーンをゆっくり二周ほどして男を観察してみた。てきぱきとはいかないにしても、きちんと業務はやっている。覇気はないけど客へのあいさつもしっかりしている。

クルミは、チョコレートミルクティーを手にレジへ向かった。

レジの前に立つと、男が「しゃーせー」と小さく挨拶する。

「このままでよろしいですか?」マニュアル通りの流れにクルミも従い、「はい」と返事する。ペットボトルを握る手がグローブみたいに大きくて、思わず見惚れた。

この男と輝馬はいったいどんな関係性なのだろう。もしかしたら、好きな人が変わったのかもしれない。儚げな美少年からワイルド系脱力男子に心変わり?

まさか。

ピュアを煮詰めて標本にしたようなあの輝馬にかぎってそんなことはない。

じゃあ、いったいこの男はなんなんだ。

わからない。わからないけど、ここで働いてみようと思った。

理屈抜きにその男のことが気になったのだ。

どこか、不器用なその雰囲気が自分に似ているようで。

第十章「ヒーローに捧ぐルビーチョコ　十勝幸太郎」

「すみません。例の件、どうなってますか？」

十勝幸太郎が店を辞めたいとオーナーに申し出てから一週間が経つ。

もし、母校が優勝したら辞めようと決めていた。

――甕城学園高校十年ぶりの甲子園で優勝

地元は連日お祭り騒ぎになっていることだろう。そして、ネット上では十年前のあの騒動を蒸し返そうとしている。やっと、平穏な生活が送れると思っていた矢先のことだった。

かつて、十勝も高校球児だった。甲子園のマウンドにも立ったことがある。将来だって期待されていた。

あの騒動後、故郷を離れ、日本中を転々としながら生きてきた。家族にも友人にも連絡先は教えていない。単純に迷惑をかけたくないという思いもあったし、万が一情報が洩れてネット上に拡散されたとき、疑心暗鬼に陥って誰も信じられなくなるだろうと危惧しての行動だった。だから、自分の居所は誰にも知らせないと決めて生きてきた。

十勝は法には触れていない。何も罰せられていない。両親や友人たちは「仕方がない」と慰めてくれた。だけど、自分自身が許すわけにはいかないと、重い十字架を背負って生きていくことを決めた。

人ひとりの人生を奪ってしまったのだから。

母校が甲子園出場を決めた瞬間から、十勝は怯えていた。後輩たちには悪いが、さっさと一回戦負けして帰ってくれと祈った。今の饗城学園高校が注目されればされるほど、十年前の騒動を思い出す人がいるのは自然なことだ。

もし再燃したら、ネット上で「あの人は今」状態になることは目に見えていた。人の好奇心ほど恐ろしいものはない。正義感はときに悪よりも凶器となる。何も知らない人たちから刃を投げられるのだ。

十勝はそれを十年前から受けている。ようやく落ち着いた生活ができると思ったら、まさかの優勝で怯える日々に逆戻りだ。

炎上は、日々どこかで起きている。あからさまに燃えている場合もあれば、ボヤ程度に燃えている場合もある。ネットを見なければいいという意見もあるけれど、そう割り切れるものでもない。当事者には深刻な問題なのだ。

暇なやつらが、あいつは今どこにいると探し始め、やがて特定し、情報合戦を繰り広げる。実際、何度か見つかったことがある。芸能人でもないのに、エゴサーチをするようになった。何も見つからなければほっとする。中には嘘の情報もあるから厄介だ。これはちがう、と反論することもできずに悶々とした日々を送る羽目になる。

自分への攻撃だけならまだいい。仕事先にまでやってきて、嫌がらせをする人たちがいる。

「あいつをやめさせろ」という匿名の手紙や電話攻撃には頭を悩まされた。結局、十勝が職場を辞めることでしか収集がつかなかった。

数日前に投稿された書き込みに、十勝の目撃情報があった。

――新宿駅裏のコンビニのゴミ箱を漁っているのを見かけた。

それに対するレスには、「ついに、ホームレスになったか！」と書き込まれていた。半分正解で、半分まちがっている。反論するつもりはないけれど、心の中では怒りでいっぱいだった。お願いだから、放っておいてくれ。まだ、完全に居場所を特定されたわけではないし、何か被害を受けているわけでもない。

しかし、早めに手を打っておいたほうがいいと思った。

せっかく店の業務にも慣れてきた頃だったし、あまり忙しくない上に時給がいい。オーナーも穏やかでとってもいい人だ。この町だって気に入っている。できれば離れたくない。

だけど……迷惑をかける前に辞めよう。

「十勝くん、次の人が見つかるまではいてほしいな。もう少しだけ、お願い」

オーナーに懇願されると、「はい」と受け入れるしかなかった。後任はすぐに見つかると思っていたが、時間に融通のきくアルバイトとなるとなかなか見つからない。学生よりもフリーターが好ましい。

ここのコンビニは少人数制で、三交代で回している。朝番と昼番と夜番の三人しかいない。忙しい時間帯だけオーナーがフォローする形でなんとかやっているという感じだ。

オーナーは、信用できる人に任せたいと思っているようだが、そんな人はなかなか見つからない。そりゃそうだろう。面接の短い時間だけで、信用できるかできないかなんてジャッジするのは難しい。

何度目かの面接の後、信用できそうな人がやっと見つかったらしい。オーナー基準なので、何をもってそう思ったのかは不明だが。

「こちら、八毛さん。今日からだから色々教えてあげて」

オーナーに紹介された女性は、ゆるキャラみたいな人だった。ふんわりした笑顔に、黒目がちの瞳と大きな前歯がかわいらしい。

「よろしくお願いします」

彼女が一歩前に出て頭を下げる。つむじの辺りから獣の匂いがした。

「八毛さんがお店に慣れるまでは、ね？　頼むよ」

肩をポンと叩き、片目を瞑ってオーナーが言う。へたくそなウィンクの哀愁に負けて思わずうなずいた。

「じゃあ、まず名札を作りますね」

レジ後ろの抽斗から、名札シールを作るテープライターを取り出した。

電源を入れながら、さっきオーナーが言った、ハゲさんという名前でまちがいないだろうかと不安になる。聞きまちがいだったらいけないと思って確認した。

「ええと、お名前なんでしたっけ？」

「ハゲクルミです。漢数字の八に毛糸の毛でハゲです」

やはり、まちがいではない。うちのコンビニは全員カタカナで名札を作る決まりになっている。そのまま、「ハゲ」と出力してしまっていいだろうか。お客さんはレジで待っている間、自然と店員に視線がいく。名札は無意識にでも視界に入る。普段はそこまで意識しないけど、さすがに「ハゲ」と書かれていたら気になったりしないだろうか。

十勝は、あの騒動で誹謗（ひぼう）中傷されてから、物事をネガティブに捉えるのが癖になってしまった。もしこうしたらその先どうなるか、というのを幾通りもシミュレーションしてしまう。そして、一番最悪なケースを想像してなかなか決断できないといったことがたびたび起こる。

初めてのことにはとくに慎重だ。

「名札、下の名前でもいいですか？」

「あ、お気遣いありがとうございます」

八毛さんは、照れくさそうに礼を言った。しかも、十勝の配慮に気づいての返事だ。これまでも名前で嫌な経験をしてきたのだろう。

「じゃ、クルミさんで名札作りますね」

「お願いします。あ、呼ぶときもよかったらクルミで」

「え？　あ、はい。わかりました」

十勝は、今年二十八歳になる。同級生の多くは、結婚したり子供ができたりしているころだろう。エゴサーチのついでに、友人のSNSを覗き見て知る彼らの幸せ。もし、あの騒動がなかったら今ごろ自分はどうなっていただろうとふと考えてしまう。

プロ野球選手になって活躍していたかもしれないし、母校のコーチになっていたかもしれないし、夢に見切りをつけて家族を持っていたかもしれない。手に入れることのできなかった幸せを想像しては絶望する。

そんなときは、拳を握って自分の肩を殴る。無心になれ、ただ生きろと。

バイトが終わると、オーナーから給料明細を渡された。

「おつかれさま。もう少しがんばってね。十勝くんがいないとうちはやってけないんだから」

こんなに人に必要とされるのはいつぶりだろう。オーナーはいつも優しい。夢も未来も何もない自分によくしてくれる。過去を詮索（せんさく）しないし、必要以上にプライベートなことも訊いてこない。困ったことがあったらなんでも言ってね、というスタンスが逆に十勝の胸をチクリと刺す。優しくされるとダメなのだ。

家の近くのＡＴＭで金を下ろした。その後で、郵便局へ向かい、現金書留の封筒を購入した。少ない給料から月に数万円、十年前の被害者宅へ送金している。今の住所ではなく実家の住所を記載して送る。手紙を添えようかとも考えたが、何を書けばいいかわからずお金だけ送ることにした（そもそも現金書留に手紙は入れられない）。

どうか、幸せに暮らしていてほしいと願いながら投函する。

六畳一間のアパートへ戻り、廃棄でもらってきたおにぎりを食べる。ルール上、期限が切れたら例外なく捨てなければいけないが、もったいないので拾って食う。オーナーは見て見ぬふりをしてくれている。ごみ箱を漁っていたという投稿は、その瞬間を見られたのだろう。

十勝は野球を辞めてからも、筋トレだけは続けている。無心になれるのでやっているだけだ。昔はあんなに嫌いだったのに、目的もなくやる今のほうが楽しいのは、他になんの楽しみもないからだろう。十年前より、体は大きくなってしまった。身長は一九〇センチある。手足も長い。野球するには恵まれた体格だった。

クルミさんがバイトに来て一週間が経つ。店は相変わらず暇で、ゆっくりと業務を教える時間もある。この調子だと、一週間もしないうちに辞められるだろうと思った。辞めるのが名残惜しいなと思っていたころ、クルミさんが言った。

「あの、お願いがあります……」

「なんでしょう？」

「あたし、物を数えるのが苦手なんです。同じ色や形のものを何個も何個もっていう作業がとくに。もし、まちがってたらいけないんで確認してもらっていいですか？」

クルミさんは申し訳なさそうに眉をひそめた。

「わかりました。じゃ、その間レジ頼みます」

「了解です」

クルミさんは、押忍(おす)みたいなポーズで返事をした。思わず、笑みがこぼれる。一生懸命な姿が健気でちょっとおかしい。不思議な人だ。

裏でドリンクの在庫表を確認していると、十勝は首を捻(ひね)った。クルミさんが担当していた箇所だけ数が合わない。そういえば、クルミさんがレジに入った日、数十円の誤差が出たと夜番の人が言っていた。

そう難しい作業ではないし、時間に追われながらやるということもない。

クルミさんは見た感じ、まだ大学生くらいに見える。しかし、時間に融通が利くということはフリーターなのだろう。

今、いくつなんだろう。前職は何をしていたんだろう。なぜここでバイトをしようと思ったのだろう。

様々な疑問が浮かんだ。いつもだったらスルーするのに。自分から何か質問することはない。だけど、この人に自分の仕事を任せなければならないのだ。適性を見るためにもいくつか確認したかった。

「クルミさん、差し支えなかったらご年齢をお訊きしてもいいですか?」

若い女性でも、年齢を訊くのは失礼なのだろうかと不安になり、丁寧な訊き方になってしまった。

「二十五です」

「あ、そうなんすね」若く見えますね、と言ったほうがよかっただろうか。

「十勝さんはおいくつですか？」

「二十八っす」

「へぇー」

しばらく、無の時間が訪れた。店内に客はいない。

まあ、こういう空気になるよな。世間的に見たら、いい年してコンビニでバイトはダメな部類に入るだろう。わかっているけど、わかっていないふりをする。

「うちに来る前は何されてたんですか？」

「ＯＬしてました」

「へぇ」なんで、ここでバイトしているのかますますわからない。

十勝の疑問を察知したのか、無言の空間が嫌だったのか、クルミさんは恥ずかしそうに口を開いた。

「あたし、どんくさいんですよ。クビみたいなもんですね。オーナーには内緒ですよ」

唇にしーっと指を当てて苦笑する。

「……」

どう返していいかわからなかった。どんくさくてクビになった人間に、店を任せても大丈夫だろうかと不安になる。

またしても、無の時間。さっきよりも沈黙が長い。

「あたしも、訊いていいですか?」

「あ、はい。どうぞ」

「おうちはどの辺ですか?」

「家は、えっと……。こっからチャリで十五分くらいのとこです。クルミさんは?」

「うちは、電車で二十分くらいです」

「へぇ、そうなんすね」

まあまあ遠いところから来てるんだなと思った。コンビニのバイトなら家の近くにもあるだろう。

「十勝さんは、ひとり暮らしですか?」

「はい」

「お休みの日って何してます?」

「いや、とくに」

「地元はどこですか?」

「いや……」

「十勝さんって、何かスポーツしてました?」

「え? なんで?」

質問攻めにあってびっくりした。ただの世間話なのか、それとも十年前のことを知っていて何かを訊き出そうと企んでいるのか。

「すごく、鍛えてらっしゃるように見えたから」

「筋トレを少し……」

「あはは。すみません。色々訊きすぎですよね」

「いえ。こういうの久しぶりなんでびっくりして」

クルミさんは、「最近、弟としか話してないな」とつぶやくように言い添えた。

たぶん、彼女は無言の空間を埋めたくて質問してきただけなのだろう。彼女から、悪意めいたものは感じられない。十年前のことは関係ないだろう。

がんばるぞ、と力んでいるようにも見えないし、ラクして稼ごうというふうにも見えない。

クルミさんには独特のリズムみたいなものがある。ぬるいというかゆるいというか、どんなときも慌てたりしない。人によっては、天然でかわいいというイメージを持つだろう。

あるいは、とろくてどんくさいとイライラしてしまう人もいるかもしれない。

十勝には、そういうクルミのゆるい空気感がちょうどよかった。

オーナーが、「ふたりで飲んで来たら？」と妙な気を使って、近くの居酒屋の半額チケットをくれた。オーナーは、このままなし崩し的に十勝を居座らせるつもりなのだろう。

一向に退店日を決めてくれない。

「あ、じゃ、今から行きませんか？」

断るつもりだったが、クルミさんが行く気満々だったのでそのまま飲みに行くことにした。

外で酒を飲むなんて、いつぶりだろう。以前働いていたホームセンターの同僚と行って以来だから、もう一年以上ぶりになる。あの頃は、同僚にも恵まれていたし、雑貨コーナーを任せてもらえるなど充実していた。書道筆を探しているおじさんに筆ペンを勧めたときのことは今でも鮮明に覚えている。「君のプレゼンは最高だ」と褒めてくれたのだ。野球以外で褒められたことがなかったので素直に嬉しかった。仕事にやりがいを感じていたし、本当は辞めたくなかった。だけど、気づく人は気づいてしまう。ようやく見つけた居場所を奪うのはいつも、自分の過去だった。

「十勝さんは、自炊とかします？」

焼き鳥を串からひとつひとつ箸ではずしながらクルミさんが訊く。勢い余って、砂肝がぽとりと床に落ちた。クルミさんは「あらま」と笑いながら拾うと、紙ナプキンで包んだ。

「いえ……。あ、クルミさんは？」

「たまーにって感じです」

「あ、なるほど」

対面式に座ると緊張する。あまり、会話も盛り上がらない。クルミさんはマイペースに料理を口にしながら、おいしいおいしいと平らげていく。十勝は緊張しているのを悟られないようにがばがばと酒を流し込んだ。久しぶりのアルコールは酔いが回るのが早い。

一時間もしないうちに、目の前がぐるぐると回り出した。

「すみません。自分、帰ります」と、席を立ったところまでは記憶がある。

目を覚ましたときは、布団の上で寝ていた。どうやって帰ってきたのか思い出せない。

もう十一時を過ぎている。急いでバイトに行かなければと支度を済ませて家を出た。

「おはようございます」

クルミさんがレジ周りを整理しながら言う。臨機応変にはいかないけれど、細かい作業は意外と得意なようだ。

「すみません、昨日は」

「いえいえ。こちらこそ、お邪魔しちゃってすみません」

「え？　まさか、クルミさん、家まで送ってくれたんですか？」

「はい。だって、店で倒れ込むように寝ちゃったから」

「マジっすか。すみません。あ、お金。いくらでした？」

「いいですいいです。また今度行ったときは十勝さんのおごりで」

またがあるのか、と訊きたいのを呑み込んで別の質問を投げた。

「あ、はい。でも、どうやって家まで」

「オーナーに連絡して住所聞いて、タクシーの運転手さんに手伝ってもらって、お宅まで送りました」

「そうだったんですね。ご迷惑をおかけしてすみませんでした」

平謝りするしかなかった。

それから三日ほどして、手紙が届いた。差出人の欄に名前はない。消印もない。直接投函されたものだとわかった。

『もう、お金はけっこうです』と書かれていた。

まさか、と思った。十年前の被害者が送ってきたのだろうか。いや、それはない。だって、あの子にはそれができない。

ということは、その家族？

「まさか」と声に出してはっとなる。

確かクルミさんは、弟がいると言っていた。あのとき小学生だった少年は、今、二十歳くらいだろうか。クルミさんが二十五歳だから、辻褄はあう。

急いでバイト先へ向かった。彼女に直接確かめよう。

きっと、偶然ではないだろう。ネットで情報を得て、アルバイトのふりをして接近してきたにちがいない。目的はなんだ？

「クルミさん、ちょっといいですか？」

「おつかれさまです。どうしました？」

クルミさんは普段と何も変わらない。焦った様子もいっさいない。

「あなたは、何者なんですか？」

「へ？」

ぽかんと口を開ける。ふざけているようにも、とぼけているようにも見えない。

「あなたは、十年前のあの少年のお姉さんなんですか？」

「ちょっとよく意味がわからないんですけど」

「あなたの弟さんの名前は？」

「ハゲテルマですが」

ふざけるにしても、もう少しマシな名前があるだろう。いや、今はそれどころではない。

「うちに手紙送ってきましたよね？」

「いえ」

本当に知らないといった表情だ。

「え？　どういうこと？」

十勝は混乱していた。「なんか、すみません」とりあえず謝罪して、業務を開始した。

店は、今日も相変わらず暇だ。やることがないと余計なことばかり考えてしまう。

「ごめんなさい」

突然、クルミさんが頭を下げてきた。

「ん？」

「実は、弟に頼まれたんです。ここでバイトして、あなたのことを調査してほしいって。スパイみたいなことしてすみません。でも、あなたを騙そうとか陥れようとかそういうことじゃないんです。あたしも詳しいことはよくわからないんです。でも……」

「え？　どういうことですか？」

「もし、十勝さんに何か勘づかれたら、ちゃんと説明するって言ってました。今日、店が終わったら弟を呼び出します。会ってもらえますか？」

「わかりました」

状況はつかめなかったが、クルミさんの指示に従った。店が終わると、クルミさんから近くのカフェに行くよう言われた。クルミさんも、「気になるから」と言ってついてきた。

しばらくふたりで横並びで座って待っていると、ニューヨークヤンキースの帽子を被った青年がふたりやってきて、「こんにちは」と頭を下げた。

礼儀正しいふたりの青年の顔を見比べて、まちがいさがしでもさせられているような気になる。「どちらが、あなたに未来を壊された元少年でしょう？」と。

会うのは初めてだが、考えるまでもなくわかった。向かって左。色白で線の細い青年が、当時十歳だったあの少年だ。白杖を持っているのでまちがいない。右の青年は、クルミさんの弟だろう。顔がよく似ている。

「すみません。こんなことして」

弟くんが言った。そして、ふたりはゆっくりと十勝の前に座ると、キャップを取って頭を下げた。

「自分が頼んだんです」

元少年が口を開いた。

「え？　どういうこと？」

事情をつかめていないクルミさんが、十勝よりも先に訊いた。

「姉ちゃんも本当にごめん。困らせるつもりでこんなことしたわけではないんです」

弟くんは、断りを入れてから事情を説明しだした。

十年前、饗城高校は初の甲子園出場を決めた。いつもいいところまでは行くけれど甲子園までは手が届かないというレベルの高校だった。初出場を決めたとき、町は大盛り上がりだった。試合の時間になるとみんな正座してテレビの前に並んだという。一回戦突破できれば上出来と言われた中で、十勝率いる饗城9（ナイン）は次々に常連校を負かし、勝ち進んでいった。

三対〇で迎えた決勝戦の九回裏。2アウト満塁。最後の打者に選ばれたのは十勝だった。ここで決めなければ負け、という状況に緊張が走った。

呼吸を整え、バッターボックスに立つと、腕に力が入った。

「肩の力を抜いて――」あの人の言葉が浮かんだ。

十勝は見事、サヨナラホームランを打ち、チームを優勝へと導いた。

ヒーロー誕生、となる予定だった。

しかし、神様は残酷だ。十勝の打ったボールはフェンスを大きく超え、観客席まで飛んでいった。そのとき、ボールをキャッチしようとした少年の顔面に落ちてしまったのだ。

後日、少年が失明したことがニュースになり、十勝はヒーローから一転、地獄へと落ちていく。連日、ニュースでは饗城高校の野球部を取り上げた。野球部内での飲酒やいじめがあったなど、嘘ばかりが書き立てられ、十勝は家の外を出歩くこともできなくなった。最初は十勝の味方だった仲間たちも、次第に態度が変わっていった。おまえのせいで……という冷たい視線が痛かった。

両親は、被害者家族や学校関係者への謝罪行脚(あんぎゃ)で精神的にも肉体的にも疲れ果てていた。高校中退と一家離散を余儀(よぎ)なくされた。

「それって、十勝さんは何も悪くないじゃない」

「クルミさんっ」思わず、声を荒らげた。被害者の前でそれは言ってはいけない。

「すみませんすみません……」

十勝は、テーブルに頭をこすりつけるように謝罪した。

「頭をあげてください。その通りです。あなたは何も悪くない」

元少年が言った。ゆっくりと顔を上げる。彼の目を見つめるが、視線は合わない。

「すみません」もう一度謝った。

「毎月、お金を送っていただいてるそうですね。ありがとうございます。あなたが反省してらっしゃることは十分に伝わっています。もう、けっこうです。それを伝えたくて、あなたのことを探していました。今回、饗城学園が優勝したことで、ネット上にたくさんの情報が出回りました。テルちゃんに頼んで虱潰(しらみつぶ)しに探してもらったんです」

「そういうことかぁ。先に言ってよ」

クルミさんが、ほっとしたように笑う。

「いや、言おうかと思ったんだけど、姉ちゃんが十勝さんのことけっこう気に入ってるっぽくてさ、なかなか言い出せなかったんだよ」

「やだ。ちょっと変なこと言わないでよ」

クルミさんが赤面する。一瞬で緊迫した空気が和(なご)んでいく。

「自分、今幸せなんですよ。夢もあるし、大切な人もできたし」

そう言って元少年は隣にいる弟くんをちらりと見た。

「だから、十勝さん。あなたは自分の人生を生きてください。どうか、幸せになってください」

目頭が熱くなった。それを必死で堪えながら「ありがとうございます」と言うのが精いっぱいだった。


それから二週間ほどして、十勝と元少年のことが『十年ぶりの再会』と見出しをつけてニュースに取り上げられた。元少年が、これ以上妙な書き込みを増やさないためにとSNSを使って発信してくれたことがきっかけだった。

十勝は、当時のことを色々と訊かれて、膿(うみ)を出すように辛かった時期について語った。おかげで、少しだけ背中の十字架が軽くなった気がした。

結局、コンビニは続けることにした。まだ、先のことは考えられない。

クルミさんは相変わらずマイペースで、よくミスをする。レジ業務をこなしながら、他の作業をすることができない。十勝の仕事は以前より増えた気がする。だけど、以前よりも仕事が楽しいと感じるのは、彼女がいてくれるおかげだろう。

お礼です、と言ってカラフルなチョコレート缶を差し出された。

「この赤いのもチョコレートなんですか？」

「ええ。ルビーチョコレートって言ってね、着色料は一切使わずに、ルビーカカオ豆に含まれている天然成分だけでこの美しい色が生まれるんですって」

「この青いのは？」

「これはね、グレープフルーツと塩を使ったチョコレートでね、ベースはホワイトチョコレートなの。これ全部、着色料を使ってないなんて信じられないでしょう？」

チョコレートの話をするときのクルミさんは饒舌だ。

他にも、ピンクやグリーン、オレンジといった鮮やかなチョコレートがセンス良く配置されていた。まるで、色とりどりのパレットみたいだと思った。

「十勝さん、今度、ご飯でもどうですか？」

クルミさんが少し照れたような表情で誘ってくる。

「いや、自分はそういうのは……」

調子にのってはいけない、と十年間背負った十字架が言っている。

クルミさんは、しょんぼりしてレジを離れてしまった。申しわけない思いで胸がきゅっとなる。

そのとき、店内にひとりの外国人が入ってきた。がっちりとした体格は十勝以上のもの。彼はエナジードリンクを取ると、レジへやってきた。腕にでかでかと彫られたタトゥーがまぶしい。

『適当』

その達筆な文字に体が反応する。

十年前の記憶が甦った。それは、憧れのあの人から、我々「饗城9」に送られた言葉だ。

――まず、肩の力を抜いて。適当な感じで打ってみろよ。

あの人の包みこむような笑顔が浮かんだ。

「クルミさん、デートに行きましょう」

巡り巡って、その言葉が十勝の背中を押した。

第十一章「もっと適当にチョコドラジェ　糸井糸」

「この度、結婚することになりまして」

織り目正しいスーツをびしっと着こなした小鳥遊くんが頭を下げる。

「お、おめでとう」

突然の告白に驚いたというより、わざわざ呼び出して私的な報告をしてきたことに驚いた。彼は、エッセイ本を出したときの担当編集者で、メディア出演の際の窓口をしてくれている。いわば、マネージャー的存在だ。

「ありがとうございます。それで、糸井さんに折り入ってお願いがありまして」

九十度に折りたたんだ腰はそのままに彼は言う。

五つほどしか変わらない小鳥遊くんのふさふさした頭頂部を羨ましそうに見つめた。

「何？　とりあえず、頭上げようか」

糸井糸は、視線だけでぐるりと部屋を見回した。ここは出版社の会議室で、初めて訪れた。突然、話があるので来てほしいと言われたのだ。仕事の話なら電話かメールで済ませたほうがおたがい都合がいいはずなのに、と思って来てみたら結婚報告だった。

「すみません」

彼は申し訳なさそうに顔をゆがめながら、耳たぶをぎゅんぎゅんと二回引っ張った。そして、こめかみの辺りをぽりぽりと掻いて、へへっと愛想笑いを浮かべた。

何かあるな、と確信した。小鳥遊くんは、焦るとすぐ態度に出るタイプで、耳たぶ→こめかみ→愛想笑いの順番で相手にピンチを伝えてしまう癖がある。正直でかわいいけれど、駆け引きや商談なんかには向いていないだろう。

これから結婚するのなら、絶対に浮気はしないほうがいい。秒でバレる恐れがある。

「で、お願いというのは？」

小鳥遊くんがなぜ焦っているのかは不明だが、とりあえず話を聞いてみようと思った。何か企みがあるのなら、騙されたふりをするのもいいだろう。

「あの、僕たちの座右の銘を考えてくださいませんか？」

「え？　それは夫婦としての？」

「はい」

「そうきましたか」

初めてのオーダーに少し戸惑った。

「小鳥遊くん、前に彼女はいないって言ってなかったっけ？」

「それが、二ヶ月ほど前に婚活パーティーで出会いまして。その場で意気投合してすぐにお付き合いになりまして、流れに身を任せていたらあっという間に結婚まで話が進んじゃいまして……」

「二ヶ月でねぇ」少し訝しむような口調でつぶやいてみる。

「いやぁ、トントン拍子というか、彼女が早く結婚したいタイプの人で。年明けには式を挙げる予定です」

スピード感がすごいなぁと糸井は感心した。照れくさそうに話す彼の姿に嘘はないようだが、さっきの焦りの三点セットはなんだったんだろう。単なる緊張からくるものだったのか。

「で、どんな子なの？」

「なんでも白黒つけたがるオセロみたいな子です。思ったことはすぐ口にするし、目的のためなら手段は選ばないし、それでいて無駄なことはいっさいしないという……。とにかく潔いんですよ」

「なんか、今どきの子だね。タイパとかコスパとか大事にしてそう」

「ははは。まあ、僕が優柔不断なんでちょうどいいって感じですね」

「ノロケか」

糸井がつぶやくと、小鳥遊くんはスマホの画面に視線を落とした。む、と口をひきむすんで思案顔になる。

「あの、僕ってもったいないですか？」

「ん？」

唐突に何を言い出すかと思えば、まるで、無理やり話をつなげようとしているかのようだ。

「いやぁ、彼女によく言われるんですよ。なんかもったいないって」

小鳥遊くんは耳たぶをぎゅいんぎゅんと引っ張った。

「プライベートの君をよく知らないけど、かなりのお人好しだなってのは思うよ」

やはり、彼は何かを隠している。それも、誰かに頼まれて。

「お人好し、ですか。それは、色んな人によく言われます」

スマホの画面を気にしながら、こめかみをぽりぽりと掻く。誰かの連絡を待っているようだ。

「でも、私は君みたいな青年は好きだよ。信用できるからね」

信用という言葉にアクセントをつけて、彼の反応を試す。すると、お得意の愛想笑いを浮かべた。

小鳥遊くんは、いわゆるハイスペック男子に分類されるだろう。大手出版社に勤めているから恐らく収入は高いだろうし、背が高くて顔もいい。早稲田の文学部出身と言っていたから勉強もできるのだろう。もちろん、仕事もできる。それなのに、まったく驕(おご)りというものがない。

「本を出しませんか?」と声をかけてきた出版社はたくさんいたけれど、どこよりも早く声をかけてきたのは小鳥遊くんだった。深夜のバラエティ番組で紹介されているのを見て、ピンときたらしい。SNSの使い方もうまかった。ここまでムーブメントが起きたのは彼の功績が大きい。

とあるテレビ番組で糸井の放った「テキトーです」というワードがウケたとき、彼はいくつかのアカウントを駆使してそれがSNSでトレンド入りするように仕掛けた。

小鳥遊くんは、おそらくこれまでの人生でそれなりにモテてきたはずだ。なのに、三十代半ばまで結婚のチャンスがなかったとはちょっと信じがたい。きっと、仕事一筋でこれまで来たにちがいない。編集者の仕事は不規則で、人と予定を合わせるのは難しい。よっぽど心の広い女性でなければ、寂しいと不満をもらしてしまうだろう。

「よし、書くか」

「えっ。書いていただけるんですか？」

小鳥遊くんはちょっと声を上ずらせた。

糸井は静かにうなずくと、テーブルの上に仕事道具を並べ始めた。三年ほど前から愛用している筆ペンは、あまり聞いたことのない文具メーカーから市販されているもので、書きやすくて気に入っている。それまでは、純羊毛の高級筆と固形墨を使用していた。十年以上大事に使っていた道具でかなり愛着があったし、自分のスタイルはこれだという自負もあった。

きっかけは、渋谷で路上パフォーマンスをしていたころに出会った地方出身の女子大生だった。不安そうにしている彼女に何かひとこと送りたいと思って、意気揚々と筆を走らせたところ、力みすぎて筆がぼきっと折れてしまったのだ。慌ててホームセンターへ駆け込んだところ、がたいのいい店員にオススメされた。「筆ペンは邪道だな」と渋っていると、『こちらは折れないペンシリーズの筆ペンでして、どんなに強くにぎっても折れないという特徴があります。それから、〝ひと思いに書ける筆ペン〟と謳っているのもポイントです。ひと思いというのは、迷いなく一気に書けるという意味なんですけど、人を思いながら書くという意味にも取れるんです……』

ついつい、店員の熱いプレゼンに引き込まれて買ってしまったが、これがなかなかいい。紙にはとくにこだわりはないが、書道用の和紙を四分の一に切って、お気に入りの布製カバーに入れて使っている。滲み加減が絶妙なのと、もらった人が困らないちょうどいい大きさを模索した結果、このスタイルに落ち着いた。

「何事も、巡り合わせってあるよね。タイミングというかさ」

「そうですね。僕と糸井さんが出会ったのも、きっと何かの縁ですし」

「あはは。君と彼女だってそうだろ？」

「はい」

彼の顔はすっきりとした笑顔だった。

「思いついたよ。君たち夫婦の〝座右の銘〟」

「本当ですか。ありがとうございます」

小鳥遊くんが目をキラキラと輝かせて、全身で期待を伝えてくる。

【愛想つかされても愛そう】

ひと思いに、筆を走らせた。

「どうかな？」

小鳥遊くんの反応を窺う。

「おー。すごい」

いまいち納得のいっていない様子だ。人は、気の利いたセリフが浮かばないとき、「すごい」という言葉をチョイスする。

「まあ、今はわからなくても、いつかこの言葉が理解できるようになるから」

『糸』

さらりとサインをして筆を置いた。

「そういえば、糸井さんって本名なんですよね？」

「あはは。ペンネームみたいな名前だけどな」

親の離婚で、今までに苗字が何度か変わった。確か、小田（おだ）、桜庭（さくらば）、山本（やまもと）、杉下（すぎした）、山之内（やまのうち）……の順番だった気がする。

糸井糸。回文のような名前になってしまったけど、もうこれ以上変わることはない。父親は、十年前に他界した。糸という名前は母親がつけたらしい。らしいというのは、今となっては確かめようがないから推測だが、父親が「名前をつけたのは俺じゃないからな」

と言っていたからきっと母親なんだろう。

六歳のとき、両親が離婚した。それ以来、父親と一緒に日本中を転々とすることになる。父親の肩書は、書道家だった。酒とタバコとギャンブルが好きな、典型的なダメ人間で、何人の女の人を泣かせてきたかわからない。

父親についていったのに何度も苗字が変わっているのは、毎回婿養子という形を取って再婚していたからだ。おそらく、そのほうが色々と都合が良かったのだろう。借金取りに追われるリスクも減るし、新しく借金をこさえるにももってこいと考えたのかもしれない。継母となった女たちは、善い人もいれば悪い人もいた。善い人は糸に優しくしてくれた人で、悪い人とはそうではなかった人たちを指す。

だけど、糸井が「お母さん」と呼んだことは一度もない。意地のようなものだ。自分の母親はひとりしかいないというこだわり。気に入られるために一番手っ取り早いのは「お母さん」と呼ぶことだとはわかっていた。だけど、それだけはどうしても譲れなかった。

小鳥遊くんは、またスマホをタップすると、小さくため息をついた。

「あの、これよかったら食べ比べしてもらえませんか？」

彼は、慌てた口調で紙袋を漁り始めた。なんのミッションに追われているのだろう。次から次に、場をつなごうと必死だ。これから、誰かここへやって来るのだろうか。

パステルカラーの小石のようなものや、キラキラの包装紙に包まれたリボンが机の上に並べられた。透明な小分け袋に入ったそれは、ざっと十種類はあるだろう。さあ、この中から正解を引き当てろとクイズでも出されそうな雰囲気だ。

「お菓子？」

「はい。結婚式のときに配るドラジェなんですけど、彼女がどれにするか決めてって言うんですよ。正直、僕はどれでもいいんですけどね。ひとりでこんなに食べきれないし、よかったら糸井さんもどうぞ」

小鳥遊くんが、適当にひとつ選んで糸井の前に置いた。それをさりげなく裏返して、成分表示を見つめる。

まいったな、と頭の手ぬぐいに手をやった。

「甘いの、苦手でしたか？」

「いや、そうじゃなくてこれ中身アーモンドチョコでしょ？　アーモンドはちょっとね」

「あ、じゃあ、これなんかどうですか？」

小鳥遊くんは、慌てて別のお菓子を差し出す。透明の小瓶に入っている、星の砂みたいなお菓子だった。

「ドラジェって、どういう意味か知ってる？」

「さあ。披露宴のあとの見送りのときに配るお菓子ってことくらいしか」

「そうだね。一般的にはウエディング用語みたいな感じで広まってるけど、本当はちがうんだよ。ドラジェとは、アーモンドを砂糖でコーティングしたもので、フランス語で〝幸福の種〟という意味があるんだよ。一本の木でたくさんの実をつけるアーモンドにあやかって、子宝に恵まれますようにという気持ちを込めて結婚式や出産なんかの祝い事に贈られるようになったんだ。だから、正式にはドラジェじゃないものもこのなかにはある。まあ、細かいことはどうでもいいんだけどね」

「糸井さん、アーモンドが苦手なわりに詳しいんですね」

「まぁね。この年になると、色んな雑学や蘊蓄（うんちく）を喋りたくなるものさ」

照れ隠しに小瓶からひとつぶ手に取ると、口に入れた。チョコレートでコーティングされた金平糖（こんぺいとう）だった。

「ん？」

なんだか懐かしい味がした。

「どうしました？」

「うまいな」

袋の後ろに貼ってあるシールを見ると、『Ça ira』という店名が載っていた。

「これ全部、彼女が買ってきたの？」

「はい」

「すごい数だね」

「ええ。結婚式は妥協したくないそうで」

「ふーん。で、彼女のイチオシはどれかな？」

「糸井さんが食べてるそれです。なんか、彼女の元同僚から勧められたとか言ってました。小さなチョコレートショップだから、大量注文は無理だろうって。諦めるしかないですね」

小鳥遊くんは、ふっと短い息を吐くと、また話題を変えた。

「あの、糸井さんって、会いたい人がいるって言ってましたよね？」

「ああ、うん」

「でも、その人の名前は言えないとも仰いました」

「そうだね」

「会いたいと思ってるのは自分だけかもしれないから……ですよね？」

「うん」

もしも、自分がその人に会いたいと公言することで迷惑がかかるのを危惧してのことだった。

「でも、その人に会いたくて、こういう活動に至ったって以前仰ってましたよね」

小鳥遊くんは確認するように訊いてくる。テレビや雑誌のインタビューでは言っていないが、彼にはそう伝えていた。

糸井は、その会いたい人に会うためになんとか有名人になれないかと模索した。歌手を目指していたこともあったし、芸人を目指したこともあったし、役者を目指していたこともあった。どれもこれもうまくはいかなかった。二十代最後の年に、姿を消した父親を捜しに海外へ行ったことがある。父親が送ってきたたった一枚のエアメールを頼りに、単身アメリカへ立った。

お金はないし、言葉はわからないし、そのときに糸井を助けたのは書道や折り紙といった日本ならではの文化だった。路上で「書」を書いたり、折り鶴を折ったり、それをお金に換えて生活していた。書道は父親から、折り鶴は母親から教わったものだった。

そのとき、たくさんの人の笑顔に出会った。笑顔は伝染していく。言葉は通じなくても、気持ちが伝わる感動を覚えた。

「これだ」と閃いた。言葉をつなごうと思った。いつか、自分の書いたものが会いたい人に届くかもしれないと思って、毎日毎日いろんな人に言葉をプレゼントし続けた。そしたら、誰かが言い出した。

「あなたの〝書〟を持ち歩くと幸運が訪れる」

『座右の銘を売る男』なんて自分から名乗ったことは一度もないのに、あれよあれよという間にテレビに出してもらえるようになって、自分の生い立ちが本にもなった。

すべては、あの人に会うためだったのだ。

「糸井さん」

満面の笑顔で小鳥遊くんが扉を指す。

「ん？」

自然と視線が動く。

「糸井さんがずっと会いたがってた人って、鈴木(すずき)選手のことですよね」

いきなり、ドアからカメラマンを含めたスタッフが五人ほど入ってきた。その中に、見知った顔の男がいた。

「ひさしぶりだな。山本」

鈴木は糸井の顔を見るなり、高校時代の苗字で呼んだ。

「あ、えー。なんで？　嘘だろ」

糸井は、驚きすぎて挙動不審になる。頭の手ぬぐいを撫でつけるように押さえてどうにか冷静さを取り戻した。

「すみません。糸井さん」

プロデューサーらしき男性が番組の趣旨を説明する。有名人の会いたい人を探すというドキュメンタリーらしい。

「わざわざ、私のために鈴木選手を呼んでくださったんですか？」

「はい」

鈴木は高校の同級生で、共に青春を過ごしてきた思い出深い人物だ。しかし、糸井がいくら有名人になったとはいえ、まったく格がちがう。鈴木は、元プロ野球選手でメジャーリーグでも活躍した大スターである。糸井ごときが声をかけて、気安く会えるような人物ではない。

「では、これからおふたりで対談していただきますので、こちらにいいですか？」

番組スタッフが促してくる。その隙に、糸井は小鳥遊くんを手招いた。

「どうして、私の会いたい人が鈴木選手だと思ったの？」

鈴木と同級生だったと話したことは一度もないはずだ。

「糸井さん、お渡し会のあと、ラーメン食べに行くって言ってましたよね。僕も、その後行ってみたんですよ。そこで見かけたんです。おふたりの学生時代の写真を。店主が自慢げに語ってくれました」

「ああ、そういうことか」

まさか、自分がテレビ番組のドッキリに遭遇するなんて、と苦笑する。

「サプライズ成功です」ミッション完了、とでも言わんばかりにほっとした顔で小鳥遊くんは言う。

「じゃあ、結婚の話は全部嘘？」

「いや、それは本当です」

照れくさそうに彼は笑った。

場所を移動して、再びカメラを向けられた。応接室のような一室に、革製の椅子がV字に並べられており、いかにもテレビ用という感じがした。顔に当てられたライトがまぶしい。

数十年ぶりに会った同級生は大スターになっていて、いきなりテレビの前で思い出話をしろと言われても何から話せばいいか皆目わからない。

「糸井さんも、当時甲子園を目指されてたとか」

ディレクターが話題をふってきた。

「あ、でも、私が野球部に所属していたのは一年生のときで、すぐに辞めちゃったんですよ。鈴木は当時から有名人で、全然レベルがちがいました」

「いや、でもこいつは根性があったんですよ。練習のしすぎで腕をダメにしちゃいましたけど、それがなければ、なぁ？」

鈴木が気を使って糸井を持ち上げた。

「あはは……」

野球部時代に、鈴木と話した記憶はほとんどない。これといったエピソードが思いつかなかった。

鈴木は、幼少期からピッチャーとして活躍していたが、プロ入り後はバッターとして名を馳せた。彼のバッティングスタイルはシルエットで見てもすぐにわかるくらい特徴的で、堂々たる構え方でファンを沸かせた。

最初は生意気な新人が出てきたと揶揄（やゆ）されるくらい、独特なスタイルだった。相手を威嚇（いかく）しているように胸を張り、バットを二、三回ぐるぐると回してから構えるのだ。糸井は、テレビの前でその姿を祈るように見つめていた。

「おふたりの思い出話とかあれば……」

ディレクターの顔が少し不機嫌に歪んだ。どうにか盛り上げなければ、という焦りのようなものは糸井も感じていた。ドッキリ形式ではなくて、最初から打ち合わせしてほしかった。アドリブで流暢（りゅうちょう）に話せるのなら、芸人として大成していたはずだ。

「おまえにひとつ、苦情があるんだが」

いきなり鈴木は、むっとした顔で告げた。

「なんだ？」

「〝好々亭〟のことだよ。なんでテレビで紹介したんだよ」

「いや、あれは……。思い出の味ありますか？　て聞かれてつい……なんか、まずかった？」

「知らないのか？　おまえのせいで、好々亭は今すごいことになってるんだぞ」

「え！」

何か迷惑をかけるようなことをしただろうかと不安になる。いいわけをすると、たまたまそのインタビューを受けたのが好々亭を訪れた翌日だったのだ。つい、懐かしくて名前を出してしまった。ついでに言うと、昔、おじちゃんに「将来、有名になったらうちの店を紹介してくれ」と冗談混じりにお願いされたのを思い出したのだ。

「連日大行列だって」

「びっくりした。それは、いいことじゃないのか？」

「よくねぇよ。俺がお忍びで行けなくなるじゃん」

鈴木が眉をへの字に下げ、口を尖らせる。そこで、スタッフから笑いが漏れた。

「ああ、悪い悪い」

糸井は平謝りするしかなかった。

そこで鈴木は、学生時代のエピソードを一節披露すると、さらに場を和ませていく。ディレクターも小鳥遊くんもほっとした表情で笑っている。

さすがだな、と感心していると糸井のほうに視線を向けた。

「で、久々に行ってみて、どうだった？」

「何にも変わってなかった。お喋りのおっちゃんとおばちゃん。そして、素朴な味の中華そば。流れるＦＭラジオ。閑散とした店内」

「でも、そこがいいんだよな」

すかさず、鈴木が言う。

「うん」

嚙みしめるように糸井もうなずいた。

「あそこに行くと落ち着くんだよなぁ。まあ、特別おいしいわけじゃないんで、これ見て行こうと思ってる人はやめておいてください。あはは」

鈴木が冗談まじりにカメラ目線で言う。

場も和み、鈴木との距離が縮まってきた頃、糸井はあることを思い出した。

「今もやってるのか？　高校生にエールを送る活動」

彼は現役中、全国の高校球児に野球の指導をして回っていた。スポーツ番組でよく特集されているのを見かけた。

「ああ。でも、そんな大したもんじゃないよ」

「こないだ、ネットの記事で見たよ。〝甲子園でヒーローになり損ねた男〟のその後の話」

「俺も見た。まさか、自分が指導した高校生があんな人生を歩んでるとは思わなかったけど。彼、苦労したんだな」

しみじみとうなずくと目を細めた。

「鈴木のことを、大切なことを教えてくれた恩人だって言ってたな」

「あはは。俺が彼に伝えたこと、覚えててくれてうれしいよ」

鈴木は誇らしげに笑った。

〝まず、肩の力を抜いて。適当な感じで打ってみろよ〟

かつて、糸井も鈴木から素晴らしい金言をもらったことがある。本人は覚えていないだろうけど。あのころは、とにかくしんどかった。父親の借金で取り立て屋が毎日家にやって来た。居るのがバレるから電気をつけるな、とよく叱られたものだ。継母側の家族も冷たくて、どこにも居場所がなかった。

せめて、学校では明るく振舞おうと柄にもなくおちゃらけていたら、鈴木に見抜かれた。

「無理して笑うな。もっと適当でいいんだよ」と。

——適当。

彼の口癖であり、生き方そのものだった。朗(ほが)らかな性格と抜群のセンスを持つ男ならではの言葉だけど、糸井はその言葉が大好きだった。気づけば自身もよく口にするようになっていた。そのおかげで、今があると言ってもいい。

無事に対談が終わり、和やかな雰囲気で皆が退室していく。

「おつかれ」と鈴木が肩を叩いてきた。

「鈴木、ありがとう。感謝してるよ」

「何を?」

「適当って言葉を最初に俺にくれたのはおまえだからな。そのおかげで、俺はこうして注目されるようになったわけだし」

「あはは。〝適当です〟っていうアレか。別に俺が考えた言葉じゃないし。やるよ、おまえに」

がはは、と鈴木は豪快に笑うと、「あのさ」と真剣な表情で言った。

「おまえが本当に会いたい人って、俺じゃないよな?」

最終章「そんなあなたにご褒美を　終夜千代子」

一歩夢が店内に入ってきた。

「いらっしゃい」

終夜千代子は、彼がまたここへ来るだろうと予感していた。新奈について知るために。

「アイスコーヒーでもいかが？」

十月半ばを過ぎてもなお、暑さは続いていた。歩夢の額や首筋からは止めどなく汗が流れる。

「助かります。すごく喉が渇いていたので」

「それ、どうしたの？　模様かしら」

歩夢の着ている白いカットソーには、無数の黒い毛がついていた。

「そこで迷い犬を見つけて、格闘してたんですよ」

「あ、もしかして、フレブルのクロエちゃん？」

「そうですそうです。みんなで囲いこんで、ようやく捕まえたと思ったらめちゃくちゃ暴れて……」

歩夢が汗を拭きながら、苦笑する。

「それで、どうなったの？」

「無事に、飼い主の元に届けてきました」

「それはよかった。これできっと、彼女も元気が出るわね」

「飼い主さんとお知り合いでしたか」

「ええ。うちの常連さんよ」

　グラスをテーブルに置くと、彼は「いただきます」と言ってストローに口をつけ一気に飲み干した。すぐに、おかわりのアイスコーヒーを注いでやると、「ありがとうございます」と頭を下げた。

　以前、新奈に彼のどんなところが好きなの？　と訊ねたことがある。「こだわりのないところです」と答えた後、「いい意味でね」と付け加えた。彼女は、ささやかなことを幸せに感じられる素直で素敵な女性だった。

「妻のことでお訊きしたいことがあるんです」

　彼は姿勢を正して、千代子のほうを見る。

「ええ。わたしも、あなたと話したいなと思ってたところなの」

　千代子は、新奈の人柄が大好きだった。クラスにひとりいてくれたら助かる子、そういうタイプ。彼女が亡くなった、という知らせを聞いたときは驚いたし、悲しくもあった。できることなら、またここで彼女とたわいもない話をしたい。

「新奈ちゃん、ここへ来ると必ずわたしの昔話を聞いてくれるの。『それでそれで？』って前のめりになって、質問するときは手なんか挙げたりして。まるで、本当の生徒みたいに。わたしね、昔、塾で先生をしてたのよ」

千代子は、ショーケースから〝こんぺいチョコ〟を取り出し、小皿に盛るとテーブルに置いた。

「これを摘まみながら聴いてね」

金平糖の周りにミルクチョコやホワイトチョコがかかった和洋折衷のお菓子で、創業当時からずっとある。丸缶に入ったものや、小さな瓶に入ったものが人気だ。千代子にとって、チョコレートは人を幸せにする魔法の薬のような存在だった。

本格的にショコラティエを目指したのは、三十歳を過ぎてからだ。塾の先生をやっていた期間はそう長くない。人を笑顔にする仕事がしたい、というのは千代子のずっと変わらない夢である。

「新奈ちゃんが亡くなる少し前、お店に来たのよ。いつもみたいな感じで、大切な人たちに配るチョコレートを買いにね」

「チョコレートってすごいですね。いや、ここのチョコレートが特別なのかな」

ふふふ、と千代子は笑ってからゆっくり話し始めた。

「ねえ、あなた、新奈ちゃんにサプライズしたことある？」

「いや、ないですね。そういうの苦手で」

「新奈ちゃんね、〝こっそりサプライズ〟が大好きだったの。相手にサプライズだと悟られないようにするのが信念だって言ってたわ。幸せな人を見ると自分も幸せな気持ちになれるでしょうって。なんの計算もなく言えてしまうような人だった」

「はあ……」

　歩夢は、千代子の真意がわからずぽかんとした顔でうなずく。

「ちょっと、聴いてほしいものがあるんだけど、ラジオのアーカイブってどうやって聴くかわかる？」

　機械音痴の千代子には、アーカイブという単語は知っていても、それを聴く方法まではわからない。

「確か、専用のアプリをダウンロードすれば聴けると思いますけど」

「ごめんなさい。やってくださる？」

「あ、はい。ちょっと待ってください」

　歩夢は、慣れた手つきでスマートホンをタップする。

「ええと、番組名わかりますか？」

「〝七森なな美のレインボータイム〟よ。先月の放送分をお願い」

「あ、これですかね？」

　歩夢が画面を見せて確認する。

「そうそう。へえ。これで聴けるんだ」

　七森なな美はこの店の常連だが、千代子はなな美のラジオの常連である。こないだ、ようやくスマホからメッセージを送る方法を覚えた。来月、読んでもらえるのを心待ちにしている。彼女の柔らかな声が心地良くて、いつも癒されている。

「あ、もうすぐよ。メッセージコーナーに入ったらすぐだから」

千代子が言うと、歩夢は声のボリュームを少し大きくした。

『こんにちは。初めてメッセージを送ります。

私は横浜市営バスの運転手をしています。運転手を始めて三十年もしてますと、様々なお客様に会います。それから、たくさんの落とし物にも遭遇します。

スマホや財布の場合は、お客様の方からご連絡があって取りに来られるということがほとんどですが、それ以外のものは取りに来ることもありません。おそらく、どこで失くしたか覚えていないというケースが多いでしょう。

今回、初めてメッセージを送ろうと思ったきっかけは、その落とし物について知らせたかったからです。

7月16日の午前10時ごろに、保土ケ谷橋（ほどがやばし）で乗車し、境木（さかいぎ）中学校前行きのバスに乗っていたお客様なんですが、手紙らしきものを落としていかれました。そのお客様は、突然車内で倒れられて、救急車を呼ぶことになりました。その後のことはわかりません。ご無事であればいいのですが……。

手紙らしきものと表現したのは、中身を見ていないからです。ふつうの白い封筒です。宛名は書いてありませんでした。その方のお名前もわかりませんし、住所も知りようがありません。

もし、お心あたりのある方はバス会社の方にご連絡ください。このラジオを聴いてらっしゃることを祈ります』

「これって、もしかして……」

歩夢がはっと顔を上げる。

「わたしもそう思って、このバス会社に問い合わせてみたのよ。でも、本人じゃないと返すことができないと言われて」

「でも、それは……」

「そうね。難しいわよね。だいいち、どうやって本人かどうかなんて確かめるつもりなのかしら」

皮肉めいて言ったのは、千代子のやるせない気持ちから来るものだった。

「ここからは、わたしの勝手な推理なんだけど、新奈ちゃんはあの日、本屋さんかラーメン屋さんに行こうとしてたんじゃないかなって思うの」

「ん？ それはどうして」

歩夢はわけがわからないといった感じだ。

「ちょっと、話す順番をまちがえてしまったようね。少し長くなるけど、いいかしら？」

「はい」

「わたしには、息子がいるの。六歳のときに離婚して、それから一度も会ってないけど。

会わせてもらえなかったのよ。わたしの不注意で息子に大怪我をさせてしまったことが原因でね……。元夫は自分の不貞は棚にあげて、わたしのことをひどい母親だと責めた。そして、わたしが家にいないときに息子を連れて出ていってしまったの。必死に探したけど見つからなかった。まだ、当時は携帯電話もなかったし、インターネットもなかったし、生き別れた子供を探す術なんてなくて。それでも生きてくしかなくて、必死に働いてお金を貯めた。お金が貯まったら、探偵でも雇って探してもらおうと考えていたの。でもね、誰に頼んでも見つからなかった。毎回、そんな人物はいませんでしたっていう回答が返ってくるの。まるで、わたしがおかしな人みたいな扱いをされたわ」

「そんな……。息子さんのほうから、会いに来たりはしなかったんですか？」

歩夢の問いに小さく首を振った。

「あの子に、わたしを探せるわけがないのよ。幼かった息子は、わたしの旧姓も生まれ故郷も知らないの。覚えているとしたら、下の名前くらいだと思うわ。元夫が『ちよこぉーちよこぉー』と、いつも怒鳴り散らしていたから。だけど、そう珍しい名前でもないからそれだけで調べるのは難しいわ」

歩夢は気まずそうに、グラスの底にたまった薄いコーヒーを啜った。

「でもね、ある日、息子をテレビの中で見つけたの」

「えっ。芸能人になってたってことですか？」

「ううん。なんて言うのかな。書道家というか芸術家というか。ほら、この人」

千代子は自分のスマートホンの待ち受け画面を見せた。

「テキトーおじさんが息子さんなんですか？」

「ええ。最初はね、全然気づかなかったの。だって、もう何十年も会ってなかったわけだから。でも、息子はわたしにサインを送り続けていた。小紋柄の手ぬぐいで頭の傷を隠すのよ。それをテレビなんかではよく、他のタレントさんに突っ込まれていたわ。そうなると、その部分がピックアップされて、エピソードを話す流れができるでしょ。あれは、わたしへのサインだったんじゃないかなって思うの」

息子と一緒に、千代紙で折り鶴を折っていた記憶が思い出された。小紋柄は、千代子のお気に入りだった。

「そうだったんですか」

歩夢は、なんとも言えない表情で目を伏せた。

「わたし、そのことを新奈ちゃんに話したのよ」

彼はまだ気づいていない。どういう理論で、本屋さんとラーメン屋さんに行きついたのかを。

「新奈ちゃんは、わたしの息子に会いに行こうとしてたんじゃないかしら」

「え……」彼の顔に「なんで？」と書いてある。

「言ったでしょ。新奈ちゃんは、〝こっそりサプライズ〟が好きだったって。どうにかして、息子とわたしを会わせようとしたんじゃないかなって思うの。わたしが会いたがってるということを伝えに行こうとしてたんじゃないかしら」

「はあ」まだ、ピンときていないらしい。無理もない。

「あの日、駅前の書店で、エッセイ本の発売を記念したイベントがあったの。そのイベントは、整理券が必要だったみたいでね。新奈ちゃんがそれを持ってたのなら、そのイベントに行こうとしてたんだと思う。でも、もしその整理券を手に入れられてなかったとしたら、別の方法を考えたと思うの。別の場所で会う方法を」

千代子は、歩夢の目をじっと見つめた。これまでの話を整理してみろと挑むような気持ちで。

「あ、そっか。逆方向だ」

歩夢ははっとして、千代子を見た。

「本屋さんに行くのなら、境木中学校前行きのバスには乗らない。てことは……」

「そう。これを見て」

千代子は、とあるラーメン屋のことが書かれた新聞記事をテーブルに置いた。

カラー写真が二枚。中華そばと老夫婦の写真だ。

『老舗ラーメン店、連日行列が絶えない人気店へ』

という見出しが躍る。

「テキトーおじさんがテレビで紹介したことがきっかけだったって書いてありますね」

歩夢は、人差し指で記事を追いながら言った。

「ええ。高校時代によく行ってた思い出のお店なんですって。ここに、新奈ちゃんは行こうとしたんじゃないかしら」

「どうして、そう思ったんですか？」

「なんとなくとしか言えないけど……。可能性の問題よ」

「妻は、あなたが会いたがってるということをテキトーおじさんに伝えるために、手紙を持ってラーメン店へ行こうとしていたということですか？　そんな、来るかどうかもわからないのに？」

　歩夢は、腕組みをして首をかしげる。

「ええ。いつ、新奈ちゃんがラーメン店の情報を知ったかはわからないけど、もしお店に写真なりサインが置いてあったら、店主に話を聞くと思うのよ。よく来るんですかとか、最近いつ来ましたかとか。そこで、閃いたんじゃないかしら。もしかしたら、イベント終わりにテキトーおじさんが現れるかもしれないって。まあ、わたしの勝手な推理だから合ってるかどうかはわからないけど」

　もし、そうだったら素敵だなと千代子が勝手に作り上げたストーリーだ。

　彼は、うんうんとうなずきながら力強く言い放った。

「その推理、合ってると思います」

「え？」

「妻の性格を考えると、そういう行動しそうだなって思ったんです。恥ずかしながら、僕の知らなかった部分が多いんですけどね。あなたや職場の同僚から聞いた話、それから彼女の生い立ちを総合すると、色々辻褄が合います。なんか、最後まで他人に優しい女性だったなと感心してしまいます。僕は、妻に対して優しくできてたのかな」

歩夢は、一気に吐き出すと短いため息をもらした。

「ふふふ。できてたと思うわ」

「いやあ、自信ないなぁ」

「彼女を見てればわかるの。きっと、あなたはいい夫だったはずよ」

「あはは。それなら、いいんですけどね」

控えめに笑うところが彼らしいなと思った。だけど、以前ここへ来たときよりも顔つきが凛々しくなったように感じる。息子とふたりで生きていく覚悟ができたのだろう。

しゃららん、という鈴の音がまるで合図みたいに、扉が開いた。でべそが入ってくるのと同時だった。ゆっくりと足音が近づく。作務衣がよく似合うその男性は……。

「っ……」

千代子は、はっと息を呑み込んだ。

男も、千代子の顔を見てはっとした。

数秒の沈黙が流れる。

頭に巻いていた小紋手ぬぐいを取ると、若干窪んだ縫合痕が現れた。千代子に向かって深々と頭を下げる。

「い……と？」

「はい。お母さん、お元気でしたか？」

くしゃっと笑った顔は、幼いころの面影を残していた。

流れてしまった時間は戻らないけれど、愛しいという思いはそこにあり続ける。

千代子は、ゆっくりと息子のほうへと歩みを進めた。

この世界はみんなのお節介でできている。ほんのちょっと誰かのためにと思えたら、きっと世界は明るい。それは、甘くてほろ苦いチョコレートのように、みんなを少しだけ幸せにする。

いつもがんばってるあなたにご褒美を。

出会ってくれたすべての人に、ただ、ありがとうを伝えたい。

※この物語はフィクションです。作中に同一の名称があった場合でも、実在する人物、団体等とは一切関係ありません。

宝島社
文庫

ご褒美にはボンボンショコラ
（ごほうびにはぼんぼんしょこら）

2024年2月20日　第1刷発行

著　者　悠木シュン
発行人　関川 誠
発行所　株式会社 宝島社
〒102-8388　東京都千代田区一番町25番地
電話：営業 03(3234)4621／編集 03(3239)0599
https://tkj.jp
印刷・製本　株式会社広済堂ネクスト

Printed in Japan
ISBN 978-4-299-05256-8